船手奉行うたかた日記

咲残る

井川香四郎

幻冬舎文庫

船手奉行うたかた日記

咲残る

目次

第一話　泣かせ川

一

白い水の上を、首だけ出して必死に泳いでいる茶色の子犬がいる。何処《どこ》かから落ちたのであろうか。懸命に泳いでいる姿は可愛らしいが、子犬は溺《おぼ》れないように必死なのだ。

葉桜の季節だからよいものの、冬ならば水の冷たさだけで動けなくなったであろう。

子犬に気づいた数人の子供たちが川べりに駆けつけて来て、棒を突き出して救おうとしているが、まったく届かない。子犬はどんどん流されて岸から離れていく。このままでは隅田川に流れ出て、死んでしまうかもしれない。

「おっちゃん！　犬だ！　犬が流れてる！　助けてやって！　おっちゃん！」

子供たちの視線の先には、小舟を漕《こ》いでいる早乙女《さおとめ》薙左《なぎさ》の姿があった。大声で叫ぶ子供たちの姿に気づいた薙左は、素早く子犬が流れる先に船を回して、船縁《ふなべり》から手を伸ばして摑《つか》み上げた。途端、

「やったあ！　おっちゃん、こっち、こっち！」

と歓喜の声を上げた。

「おっちゃん、おっちゃんって……俺はまだ二十歳《はたち》を過ぎたばかりだぞ」

船の中に置くと、子犬は薙左の白袴《しろばかま》に縋《すが》るように震えている。これは袴の形をしているが、万が一、海や川に落ちたときには、パッと広がって浮き輪のようになる。船手《ふなて》奉行所《ぶぎょうしょ》同心ならば、船上では誰でも身につけているものであった。

「あの子たちは、中瀬川《なかせがわ》の子のようだな。丁度《ちょうど》よい……」

薙左はそう思って櫓《ろ》で船首を向けると、ゆっくりと白い水の川に向かって漕ぎ出した。白い水なのは、米の磨《と》ぎ汁のせいである。川の上流や両岸から、生活排水が流れ出て、白く濁っているのだ。川の水量が減って澱《よど》んでくると、臭《にお》いも立ってくるし、その水上で暮らしている者にとっては、耐え難いものになる。

その水質の調査に薙左は以前から乗り出していたのだが、この辺り一帯は下水が流れ出すようになっているから、ある程度はやむを得ないことだった。

隅田川には、実に様々な小川や堀川から水が流れ出ている。

右岸には山谷堀《さんやぼり》、藍染川《あいぞめ》、鳥越川、神田川、薬研堀《やげん》、箱崎川、日本橋川、新川、越前堀、八丁堀。

左岸には源森川《げんもり》、片葉堀、竪川《たて》、小名木川《おなぎ》、仙台堀川、中の堀、油堀川、大島川などが注いでいる。

ここ中瀬川はへっつい河岸《がし》堀から続く、浜町川から流れ出るわずか二間《けん》余りの川だが、いわゆる船上暮らしをしている〝海の民〟〝川の民〟が庇《ひさし》ならぬ艫《とも》を寄せ合うように生活をしていた。

その船は中瀬川沿いにずらりと行列して並んでおり、中瀬川の半分を塞《ふさ》ぐ形になっている。それが、下水から流れ出て来る汚水が隅田川まで流れ出ない原因になっていると、町人から文句が出ており、町年寄からも再三再四にわたって、立ち退《の》きの命令が出ていた。

身分は町人といえども、町年寄は特権町人の一番上におり、帯刀や熨斗目《のしめ》の着用が許された、今でいう東京都副知事のような役職であった。樽《たる》屋、奈良屋、喜多村の三家だけが世襲できる地位で、江戸の民政を町奉行から直々《じきじき》に預かっていた。そのため、中瀬川流域に暮らす人々から、

――不法に停泊している船を排除して欲しい。

と嘆願されたからには、町奉行の指導のもとに立ち退きを迫らざるを得なかった。もっとも、各町の町名主たちからは、

「中瀬川の人々は、それこそ何代にもわたって漁労をして暮らしてきたのだから、無下《むげ》に何処かへ立ち退かせるのも配慮に欠けるのではないか」

という声も出ていた。

中瀬川が白い水となっているのは、船上暮らしの人々のせいではなく、陸《おか》に住む人々が流

すからである。殊《こと》に、この辺りには多くの料亭や料理屋、出合茶屋《であいぢゃや》など、不特定多数の客に江戸前料理を出す店が多いことから、下水に流れ出る汚水が生半可ではない。むしろ、川の民を苦しめているのではないか、という見方もあった。

しかし、川の民もそこで暮らしている限りは、生活汚水が出るし、船がずらりと垣根のように連なっているからこそ、川の流れを滞らせて、白い水も拡散しないのだという意見も多かった。

いずれにせよ、陸の者と川の者が反目し合うような暮らしぶりになっていることはたしかで、奉行所としても何とか善処しなければならなかった。

そんな中で、薙左のいる船手奉行所の立場はというと、海の民、川の民を守ることが第一義である。つまり、不当な立ち退きを排除し、もし他に移住しなければならない理不尽な目にあったときには、適切な所に住まいを確保することだった。

だが、船上暮らしをしている人々は、陸に上がることを好まない。奉行所としては、代替地として向島の一角を用意するというが、では仕事はどうするのか、これまでの親兄弟の関係はどうなるのか、不安だらけである。

中瀬川に住み着いているのは意味のないことではない。ここから流れ出る生活排水のお陰で、いわば魚介類の餌《えさ》が豊富に流れ込んでいる隅田川との合流点には、川魚や川海老《えび》が豊富に棲息《せいそく》している。

また、満潮時には海水が逆流してくるので、汽水域となって、鯊《はぜ》や鱚《きす》などが沢山獲《と》れる。それを日本橋の市場などに運んで生活の糧《かて》にしているのだ。

そのような人々を、お上や周辺の人々の都合で、何処かへ押しやることなど、許されるべきではないと、薙左は思っていた。

それにしても、この何カ月かで、白い水が増えたのはたしかだ。

薙左が小舟を漕いで、ずらりと並ぶ〝船の家〟に近づいてみると、異臭とまではいかないが、慣れるのには時がかかった。〝船の家〟というのは、漁船に住んでいるから、誰とはなしにそう呼んでいたのだ。

「おっちゃん！　助けてくれてありがとう！」

川岸から、子供たちが声を揃《そろ》えて、元気な声で言うと、まるで返事をするかのように子犬が吠《ほ》えた。びしょ濡《ぬ》れで情けない姿だが、短い尻尾《しっぽ》を勢いよく振っている。

薙左が接岸すると、数人の七、八歳の子供たちが駆け寄って来て、我先に子犬を抱こうと手を出した。

「これは、おまえたちの犬かい？」

「ううん。川上から流れて来たんだ」

「流れて来た……」

「でも、見つけたのは、おいらたちだから、面倒見てやるんだ、なあ」

「おう！」

子供たちは子犬を大切な玉のように抱えると、そのまま近くの漁船に飛び乗った。この子たちも、〝川の民〟として暮らしているようだ。見たところ、言葉遣いはしっかりしているし、挨拶《あいさつ》もできる。寺子屋に通っているふうはないが、きっと網元か船長《ふなおさ》が面倒を見ているのであろう。

薙左が改めて、辺りを見回すと、今日はあまり漁に出ていないのか、停泊している船が多い。

ほとんど毎日、漁に出ているとはいうものの、その日の潮の干満や流れ、日照りや風の塩梅《あんばい》によって、微妙に左右されるのであろう。季節によって、白鱚、穴子、鱸《すずき》、烏賊《いか》、皮剝《かわはぎ》、真蛸《まだこ》、河豚《ふぐ》などなんでも獲れる江戸前であるが、獲り過ぎは自然の理に反するから、漁獲量も調節しているようだった。それが漁をする者の矜持《きょうじ》であろう。

「また、あんたか。何度、来ても無駄だぞ」

と声がかかった。

振り返ると、数間先の船の舳先《へさき》に足をかけて、三十絡みの船頭が立っていた。わずかに揺れているが、そこに立っているのが当然のように均衡を保っている。薙左も船手奉行所に来てから、船の扱いには慣れたつもりだが、未《いま》だに思うように漕げないことがある。

「桃太郎《ももたろう》さん。今日は漁に出ないのですか？」

「ふん。おまえさん船手のくせに、どこに目をつけてやがる。波は穏やかに見えて、うねりはでかい。こんなときに釣りに夢中になりゃ、船はひっくり返るかもしれねえし、海に潜ることだって難しぃんだよ」

「ああ、そうですね」

同じ船乗りでも、海と闘う男とただの〝見回り役〟とでは値打ちが違うとでも言いたげに、桃太郎は日焼けした屈強な体で睨《にら》んだ。裸の上半身の胸板は厚く、どっしりと重い腰つきは、いかにも海に生きる男の勇姿だった。

「子犬を助けてくれたそうだな」

「ええ。たまたま……あの子たちは、中瀬川の子なのですか？」

「そうだが、その物言いはどうにかなんねえのかねえ。早乙女の旦那《だんな》」

船手奉行所同心は御家人、立派な武士であるが、薙左はまだまだ若造だから、武士や町人の身分には関《かか》わりなく、年上にはしぜんと丁寧な言葉遣いをしていた。そのことが、桃太郎の方は気色《きしょく》悪いらしく、侍らしく話せというのだが、それができないのが薙左らしいところであった。

桃太郎という名には、ちょっとした逸話がある。

先程の子犬ではないが、桃太郎は生まれたばかりの赤ん坊のとき、盥《たらい》に乗せられて、上流から流れて来たのである。上流といっても、中瀬川の上流は外堀になるから、赤ん坊を棄《す》てたのが誰か、すぐに分かりそうなものだったが、結局、不明のままだった。それが二十数年も前のことである。

だから、子供のいなかった林吉《りんきち》とお里《さと》という夫婦が育てたのである。川から流れて来たので桃太郎と名づけたのだが、その名のとおり勇猛果敢な漁師となった。

漁だけの話ではない。今までも、町奉行所などから、多額な税など、理不尽なことを押しつけられそうになるたびに、体を張って突っぱねてきたのである。桃太郎もまた、〝川の民〟として立派に成長したのである。ゆえに、お上が頭ごなしに何かを命じてくることには、反発ばかりしていた。ゆえに、町方からは、

――厄介な奴《やつ》。

だと思われていたのである。しかし、薙左はそんなふうには思ってもいなかった。むしろ、桃太郎の境遇に同情的であったし、お上に媚《こ》びることなく、正しいことを毅然《きぜん》と言う姿に共感さえしていた。

桃太郎の方も、薙左のことを他の役人とは少し違うと思っているようだったが、所詮《しょせん》は幕府の禄《ろく》を食《は》んでいる者である。全幅の信頼を寄せているわけではなかった。

「で？　今日、やって来たのは、また俺たちを追い出す算段のためかい」

「そうでは、ありません」

「じゃあ何だい」

「私は、桃太郎さん、あなた方がこのまま、ここで暮らせるよう力になりたいんです。私だけじゃありません。船手奉行所のみんなも同じ気持ちです。私たちは町奉行所と違って、海で働く、川で暮らす人たちの味方なんです」

「ほう。大層なことを言ってくれるねえ」

「本当です」

「疑うわけじゃねえが、そうやって、やんわりと俺たちに近づいて、ドンと背中を突き飛ばすつもりじゃねえのか？　なに、おまえさんの気持ちは嬉《うれ》しいが、放っておいてくれって言いたいんだよ」

「放っておいて……」

「ああ、そうだ。俺たちには、代々、海の民、川の民としての生き様が体の奥深くに刻み込まれている。誰からも指図されて生きることはねえんだ。まあ、海賊みたいなものだな」

と桃太郎は己を誇りに思っているように断言した。もちろん、桃太郎が〝捨て子〟で、余《よ》所《そ》から来たことは本人も承知しているが、中瀬川で育った心意気は、本人が言うとおり体の芯《しん》まで染み込んでいるのであろう。

「ですがね、桃太郎さん。このままじゃ、町奉行所からどんな横槍《よこやり》を入れられるかもしれやしない。この白い水だって、あなた方のせいにされてるんです。ですから……」

「みなまで言うねえ」

面倒臭そうに遮って、桃太郎は薙左に自分の船に乗り移るように勧めた。

「見てみな……」

そこからは、中瀬川に停泊している船のほとんどが見渡せた。それぞれの船が筏《いかだ》のように繋《つな》がっていて、まるでひとつの大きな船のような錯覚にすら陥る。そして、何十人もの人々が、それぞれの船を長屋の一部屋のように塒《ねぐら》にして、寝食を共にしている。

「俺たちは生まれたときから、陸に上がって暮らしたことがねえ。陸を歩いていると、それこそ落ち着かねえんだ。だから、このままにしといて欲しい。それだけのことだ。もし、何か迷惑をかけているなら、改めるべきところは改める。俺たちは何度もそう申し述べてきた。何も逆らいたくて、お上に逆らってるわけじゃねえ」

「………」

「漁の方法だって、昔ながらの素朴で簡素なやり方で、一尾一匹ずつ獲ってるんだ。だから、俺たちしか知らない漁場がある。そこには、伊勢海老や海鼠《なまこ》、鮑《あわび》だっているんだ。けど、獲りすぎちゃならねえから誰にも教えてねえだけだ……知ってるかい？」

大きな海産物問屋などが、大きな船を使って網を掛けてごっそり獲るよう、漁師たちに強要していることであろう。薙左がそのことかと尋ねると、桃太郎は少しばかり憮然《ぶぜん》となって、

「承知しているなら、なぜ止めねえんだ。あんなことしてちゃ、江戸の海は荒れ果てる。いつかは海老も蟹《かに》もいなくなるぜ」

「たしかに、やり方には問題はあります。でも……」

それぞれ暮らしがあるという言葉は呑《の》み込んで、とにかく水質の調査に手を貸して貰いたい旨を伝えた。中瀬川の汚れは、両岸に連なる料亭や料理茶屋のせいでもあるのだ。

「そうよな……」

少し鼻白んだ桃太郎だったが、その調査というのが、中瀬川の船上生活者のためになるというのなら、手を貸すと言った。

薙左にとって、ここで暮らす〝川の民〟の座頭とも言える桃太郎に後ろ盾になって貰うのは心強い。何度も通ってきた甲斐《かい》があるというものだ。

「よろしくお願いします。桃太郎さん」

「調子いいこと言うんじゃねえや。でもな、早乙女の旦那」

「その旦那は、よして下さい」

「若造とも言えめえ」

「では、薙左でいいです」

「じゃあ、薙左さんよ。あんた、猿になってくれねえか？」

「え？」

「雉子《きじ》はいねえが、鶏はいる。それに、さっきの子犬が来たところで、鬼退治にゃ、猿が足りねえからよ」

「猿、ですか……私が」

「ああそうだ。町奉行所っていう〝鬼ヶ島〟の、血も涙もない鬼たちを成敗したいんだ」

そう言うと桃太郎は、きょとんとしている薙左を見て、実に愉快そうに大笑いをした。豪快なその態度は、本気とも冗談とも取れなかったが、少なくとも薙左にある決断をさせた。

――やはり、中瀬川の人たちを立ち退かせようとする者たちと闘う。

という気持ちである。桃太郎の猿役を買って出てもよいと思っていた。

二

その夜――。

中瀬川とへっつい河岸堀に繋がる細い水路に、上半身だけ這《は》い上がっている土左衛門が上がった。

見つけたのは、天狗の弥七《やしち》という岡っ引で、すぐさま、近くの自身番に来ていた南町奉行所定町廻《じょうまちまわ》り同心の伊藤俊之介《いとうとしのすけ》に報《しら》せに走った。

伊藤はすぐさま駆けつけて来たのだが、引き上げようとしても、ずぶずぶと体が水に沈んでいく。

「ちょいと酒臭いな……どうせ、酔っぱらって足でも滑らせたんじゃねえか？」

伊藤は面倒臭そうに言って、ちょこんと十手の先で喉元《のど》をつついてみた。息はしていないし、脈もない。既に冷たくなっており、屍斑《しはん》などから見て、死後二刻《ふたとき》（四時間）くらいか。

初老の男で、髷《まげ》が乱れていたから、顔だちもはっきり分からない。

「こんな仏は面倒だ。構わねえから、流してしまえ」

と伊藤はまるで塵芥《ごみ》でも扱うかのように弥七に命じた。

「よろしいんで？」

「いいってことよ。どうせ誰も見てないし、こんな酔っぱらいを預かると、身元調べだけでも厄介だ。殺しなら、放っておく訳にもいくまいが……こんな土左衛門は、それこそ船手の連中にやらせとけば済む話だ」

当然のように伊藤が命じると、弥七も悪びれる様子もなく土左衛門を足蹴《あしげ》にした。隅田川にはたまに人の死体が流れることがあったが、それを引き上げて供養するよりも、沖に流してやる方がよいと考えられていた。だから、死人が流れていたところで、さほど気に留めることもなかった。身元の分からぬ者は、そのまま極楽浄土に運ばれるから幸せだとすら思われていたようだ。

その死体はうつ伏せのまま流れて、中瀬川に向かった。

川の名の由来は、右岸が中之町、左岸が瀬之町だから、中瀬川とついたと言われているが、その昔は、ちょっとした中洲《なかす》があったので、中洲川とも呼ばれていたらしい。

今は両岸に料亭などが並んでいるから、夜遅くまで灯《あか》りがついていて、川面が燦《きら》めいている。昼間とは違った妖《あや》しげな、それでいて美しい情景に、人々の足は吸い寄せられた。たまに心中騒ぎも起こるほど、この川には人を悪い方に引き寄せる魔力がある。

そのために、大勢の人が泣くことになったから、〝人泣かせ川〟と呼ばれることもあった。

今も料亭の二階から、三味線の音とともに、

――誰が呼んだか泣かせ川、別れて命のまた会うまでに、悔いて涙の雨が降る。

と透き通った芸者の端唄《はうた》が聞こえる。

流されて来た亡骸《なきがら》は、漕ぎ出そうとした薙左の小舟に向かってきていた。波に揺れる灯《ひ》の中で、浮かんだり消えたりしている。この刻限まで、桃太郎たちから、中瀬川の人たちの苦情を聞いていたのだ。

薙左より先に土左衛門を見つけたのは、桃太郎だった。

「今日は、よく流れものを拾うな」

と桃太郎は冗談混じりで言いかけたが、子犬とは話が違う。薙左が急いで船腹で土左衛門を受け止めるようにするや、桃太郎は素早く川に飛び込んで、他の若い衆らとともに、自分の船に引き上げた。

「酔っぱらいか？　こんな目に遭うとは、人は分からねえな……」

そう言いかけた桃太郎の目がギラリと光った。同時に、他の若い衆も表情が固まり、後ろから顔を出した網元の喜与蔵《きよぞう》も驚きを隠せなかった。薙左は一瞬にして、異様な雰囲気を察して、

「どうかしたのですか？　もしかして、知っている人ですか」

桃太郎たちはみな一様に返事に窮したが、口を濁そうとした網元を諭すように、

「網元……ここで黙ってたら、余計、面倒なことに巻き込まれるような気がする。この若い船手の旦那は、俺の猿、子分も同然だ。正直に話しておいたほうがよさそうだぜ」

「え、ああ……そうかもしれねえな」

少し動揺したように、喜与蔵が俯《うつむ》いたのを、薙左はさりげなく見ていた。

喜与蔵は網元と呼ばれているが、いわゆる船を貸して漁をさせている元締めではない。自らもまだ海に潜る漁師で、この辺りの〝長老〟として、みんなに慕われているのである。

「誰か、知っているのだね？」

と薙左が聞き返すと、桃太郎は頷《うなず》いて瞑目《めいもく》し、ゆっくりと話し始めた。

「この人は、中之町の町名主で、岩松《いわまつ》という人だ」

「町名主……」

「ああ。しかも、こいつは……仏をこいつ呼ばわりしちゃ申し訳ねえが、俺たちを苦しめてた人だ」

「どういうことです？」

「俺たちをここから追い出そうと、何度も何度も、この付近の大店《おおだな》や料亭などの主人を束ねて、直談判《じかだんぱん》に来ていた人でさ。何度も喧嘩《けんか》になりそうになったことがある。だが、この人は

辛抱強い人で、俺たちが挑発しても決して手は出さなかった。出せば、てめえたちの立場が悪くなると思ってのことだろうが、とにかく弁の立つ人で、俺たちがここに居着いていること自体が、御定法に触れるとか何とか言い出しやがって……」

桃太郎は悔しさに感極まった声になって、

「何度、酷《ひど》い目に遭わされたことか……でも、この人が大真面目《おおまじめ》に、代替え地を探してくれていたことも事実で、網元や俺たち何人かで、遠く荒川の方まで見に行ったこともある」

「………」

「だが、あっちにはあっちの漁師がいるし、お互い棲《す》み分けているのだから、俺たちがのこのこと割り込むわけにもいかねえ。それに、こっちは川漁師じゃねえ。海の漁師だから、勝手も違う。何にしろ、住み慣れた江戸から出てけってんだから、土台無理な話だ」

「では、あなたたちと、この岩松って人は揉《も》めていたんですね？」

と薙左が意味ありげに言うと、桃太郎は少しばかり気色《けしき》ばんで、

「おい。何を勘繰ってやがる。俺たちが、こいつを殺したとでも言うのか」

「そんなことは微塵《みじん》も思っていません」

「だったら……」

「まあ、聞いて下さい」

　薙左はいつになく険しい顔になって、引き上げられたばかりの遺体の首筋を指した。わずかだが、小さな刺し傷がある。錐《きり》か畳針《たたみばり》で刺されたような痕跡《きずあと》で、青白い穴がぷっくらと膨らんでいる。桃太郎たちは見慣れていないせいか、気味悪げに目を逸《そ》らした。

「これは殺しです……自分で、わざわざこんな所を刺して死なないだろうし、川に流れて来たことも気になります」

「やっぱり……」

「何か心当たりでもあるんですか？」

「そんなものはない。ないが……」

「知っていることがあるならば、正直に話して下さい」

　薙左の顔がみるみる同心の顔になって、

「川で見つかった上は、船手奉行所が預かることになります。この遺体が町方に引き上げられると、もっと面倒なことになったかもしれませんよ」

「どういうことだ」

「中瀬川の人と揉めていた相手であれば、真っ先に、あなたたちが疑われる。ことに月番の南町奉行所は、中瀬川については色々と裏で手を回しているみたいですから」

「裏で手を？」

と桃太郎が訝《いぶか》しげに見やるのへ、薤左は訳あり顔で頷いて、

「そうです。どんな手を使ってでも、あなたたちを、ここから追い出そうとしている節があるんです」

「どんな手を使ってでも……おいおい。脅かすなよ」

「何にしろ、これは殺しですから、私たちに任せて下さい」

力強く言う薤左を見て、桃太郎はほんのわずかだが頼もしそうに目を輝かせると、

「俺とて、別にこの岩松さんに怨《うら》みがあるわけじゃない。立場が違えば、この人の言うことも分かる気がする。でもな、どんな人間でも、生まれ育った所で生きることを邪魔されたくねえ。それだけだ」

「はい。承知してます」

薤左の瞳にも、揺るぎない光が燦めいていた。

三

すぐさま船手奉行所に運ばれた岩松の亡骸は、夜を徹して検分された。

船手奉行所は鉄砲洲《てっぽうず》稲荷《いなり》に隣接しており、色あせた朱門の長屋門が目印であった。門前に

は江戸湾が広がっており、真夜中は漁《いさ》り火がぽつりぽつりとあるだけだが、朝日を受けると青々とした海原が輝くのだった。

朱色の門は魔《ま》除《よ》けの意味がある。海難を扱うことも多いし、なにより船手奉行所自体が常に海や川を舞台に闘う集団であったがために、安全が第一であった。

老中直属の船手奉行所は、南北の町奉行所とは独立した役所である。大坂は淀川を中心とした水の町と言われ、八百を超える橋があるが、百万人都市の江戸は桁《けた》が違う。橋梁《きょうりょう》の数も二千を超えていた。

おのずと水辺に暮らす人々の数も多くなり、漁労のみならず、水運が欠かせない江戸にあっては、沖に停泊する菱垣《ひがき》廻船や樽廻船のような千石船をはじめとして、河川には猪牙舟《ちょき》やひらた船など無数の舟が往来している。漕ぎ方をとっても、帆や櫓、櫂《かい》、竿《さお》など様々な方法があって千差万別なので、事件や事故が絶えずある。それらを常に監視しながら、海と川の番人に徹している、今でいえば、海上保安庁と水上警察を合わせたような役所だった。

もっとも、船手奉行は町奉行のように三千石の大身の旗本ではなく、おおむね五百石以下の旗本職だったから、格下に見られていた。事実、役人の〝吹き溜《だ》まり〟と称されているとおり、柄の悪い連中が詰めている。

気性の荒い海の男たちを相手にすることが多いから当然であるが、

——船手に行けば、寿命が十年縮まり、禄も酒や博打《ばくち》に消えてしまうだけだ。

という根も葉もない噂《うわさ》も罷《まか》り通っているので、なり手が少ないのも当然であった。

船手奉行の戸田泰全《とだたいぜん》を見ても、体こそ大きくはないが、目つきが鋭くて肝の据わったやくざの大親分のようだ。嗄《しゃが》れ声の江戸ッ子らしい〝べらんめえ〟混じりが、それに輪をかけている。

「面倒なことになりやがった。なあ、ゴマメちゃんよ」

ゴマメというのは、まだ若造の薙左が、事があるたびに青臭い正義感を大上段に構えて熱弁することがあるのだが、その姿を見て、

——ゴマメの歯ぎしり。

のようだと船手奉行所の者たちがからかったことに始まる。そんな渾名《あだな》は嫌だったが、あ

あ言えばこう言う連中ばかりだから、黙認せざるを得なかった。

ちなみに、戸田泰全の渾名はその体型から、トドとついているから、思わず薙左は声にで

そうになったが、やっとのことで抑えて、

「何が面倒なことなのですか、とっ、お……お奉行」

「そりゃ、そうだろう。月番の南町といや、泣く子も黙る鳥居耀蔵《とりいようぞう》様が後ろにいる」

「そんなことを気にするお人だと思いませんでした」

「奉行が誰かなんてこたあ、どうでもいいんだがな……」

そういう戸田は遠山金四郎とは隣家同士の幼馴染《おさななじ》みであり、城の詰め部屋も同じ芙蓉《ふよう》の間《ま》という間柄だ。腹の底では、鳥居のことが大嫌いだったに違いない。

「殺しを扱うとなりゃ、町奉行所の探索には遠く及ぶめえ。海や川、船の上で起きた殺しならお手のものだが、流れて来た死体となると、おそらく陸で殺されて棄てられたものだ。とすれば、少なくとも月番の力は借りなきゃなるまい？」

「なるほど。鳥居様に頭を下げるのが嫌なのですね、お奉行は」

と薙左が淡々と言うと、傍《かたわ》らで見ていた船手番与力の加治周次郎《かじしゅうじろう》と、同じく同心の鮫島拓兵衛《さめじまたくべえ》が苦笑した。

「おまえも随分と言うようになりやがったな。ええ、ゴマメ」

鮫島がからかうと、薙左は不快そうに溜息《ためいき》をついて、

「ゴマメはやめて下さい。お奉行ならともかく、サメさんなんかに言われたくありません」

「なんか、かよ」

「私は真面目に話しているのです。では、カジ助さんもサメさんも、この一件は南町に預けた方がいいとでも言うのですか」

「俺こそ、おまえにカジ助なんぞと呼ばれたくはないぞ」

加治は冗談半分で返した。同心や水主《かこ》たちからは兄貴のように信頼されており、見るからに有能そうな立派な与力である。時に、厳しく戸田をたしなめることもあり、逆に同心たちを命がけで庇《かば》うこともあるからだ。

「まあ聞け、薙左。おまえも承知のとおり、中瀬川の人たちには何の非もない。俺たちはあの人たちを守らなければならぬ。だが……」

と加治は言葉を呑んで、きちんと薙左に向き直った。

「そのためには、敵を排除していかなければならない」

「敵……」

「たとえば、この岩松だ」

「どういうことですか」

「岩松とは俺も何度か直に話し合ったことがあるが、意外と頑固な奴でな。話し合いで決着がつかないなら、ならず者を使ってでも追いやるか、停まっている船という船に火を放ってやるという、恐ろしいことを言う名主だった」

「そうなのですか？」

「もっとも、本気でやろうとしたかどうかは分からぬが、この男を扱うとなると、慎重の上に慎重を重ねないと、南町の連中は、『船手が不都合な男を消したのではないか』などと言いかねぬ」

「そこまで案ずることがありましょうか」

「ある。川の民の一件は、微妙な問題なのだ。ケチをつけられて一番困るのは、中瀬川の人たちだからな」

「だったら、尚更《なおさら》南町に預ける方がまずいではないですか。それこそ、あの桃太郎さんのせいにだってしかねない」

薙左がムキになって言うと、今度は戸田が濁声《だみごえ》を洩《も》らした。

「誰も南町に預けるなんざ言ってねえぞ」

「え……」

「岩松が殺されたと分かれば、南町の連中も躍起になってくるだろうってことだ。たとえば、こいつを殺した奴が分かったとしても、こっちにはネタを出さないかもしれねえし、俺たちが陸で探索していれば横槍が入るかもしれねえ」

「そんなことは覚悟の上です」

「ならば、ゴマメ……」

戸田は扇子を開いて胸元をあおぎながら、

「おまえが一人で捌《さば》いてみるか。今、船手は抜け荷だの、余所の国へ送る女郎買いだの、江戸入りの鉄砲騒ぎなどで色々と大変でな、手が回らぬ」

「あ、それは……」

「なんだ。おまえが拾った仏じゃねえか。誰に何故《なぜ》殺されたか。それを暴いてやるのが一番の供養だと思うぜ」

「それは、そうですが……」

少し尻込みした薙左に、戸田と加治、そして鮫島の三人は、任せたぞとあっさり言い残して、立ち去るのであった。

「あ、あの……」

海鳴りが、薙左が述べようとした言葉をあっさりと呑み込んでしまった。

四

小舟を駆って、中瀬川の上流に向かって再び漕ぎ出したのは、その昼下がりであった。もっとも船頭は、世之助《よのすけ》が買って出てくれた。

「すみませんね、わざわざ俺のために」

「ゴマメの旦那のためじゃありやせんよ。俺も海や川で暮らす男ですから」

そういう世之助は、本当は上杉世右衛門《うえすぎよえもん》という御家人で、元は御召御船上乗役《おめしおふねうわのりやく》という役人であった。が、戸田泰全の人柄と奉行としての肝っ玉に惚《ほ》れ込んで、一水主として仕えると心に決めてからは、大小を棄てていた。加治や鮫島が最も頼りにしている船頭で、その腕前だけではない、物事の真偽を見抜く目が確かだったからこそ、薙左の目付役に相応《ふさわ》しかったのである。

二人が降り立ったのは、中之町の一角にある船着き場で、以前は近くに並んでいた土蔵に出入りする荷船が発着していたが、数年前の大火で燃えてから、この辺りの蔵持ちは浅草や深川の方へ蔵を移した。そして、残った蔵が建て直されて、料亭や料理屋となったのである。

まずは殺された岩松の家に仏を返して、家人から事情を聞こうとした。

ところが、誰かに遠慮したような使用人ばかりで、あまり口を開かない。岩松の女房は三年前に流行病《はやりやまい》で他界しており、子供はいないから、土地や長屋などは一旦、公儀に召し上げられてから、新たな町名主に譲られることになる。

薙左たちが訪ねて来るのを待っていたかのように、南町の定町廻り同心の伊藤が現れた。岡っ引の弥七も一緒である。

「おまえさん、何処の誰でえ」

その姿を見れば分かりそうなものだが、伊藤はわざと問いかけてきた。

「はい。私は船手奉行所同心の早乙女薙左という者です。こちらは船頭の世之助です」

「船手奉行所……？」

「此度《こたび》は、中之町の町名主、岩松さんが何者かに殺された節があるので、探索に参ったしだいです。色々と分からないこともあるので、どうかよろしくご教示下さい」

「順序が逆ではないか？」

と伊藤は底意地の悪そうな目を向けて、

「そうであろう。船手奉行所の同心はいつから、町奉行所の縄張りで探索ができるようになったのだ？　俺は知らなかったなア」

「あ、いえ、それは……」

曖昧《あいまい》に言いかける薙左の横から、腰を屈《かが》めた世之助が丁寧に挨拶をしてから、

「ご無礼があったら申し訳ありません。川に流れた遺体は、たとえ殺しであろうと自害であろうと、あるいは事故であろうと、船手番でやるのが筋でございます。その探索のため町場で調べる折に町方が手を貸すことは、お奉行同士で事前に話し合われていることと存じますが」

「船頭ごときが偉そうになんだ。おまえは、この若造の尻拭《しりぬぐ》い役か？」

「そうではございませぬ。この若い同心、見かけによらず、なかなか性根のある者にござい

ますから、伊藤様からもどうかご指導下さいませ」

　あくまでも下手に出ている世之助を、岡っ引の弥七も侮蔑《ぶべつ》の目で見ていた。

「町方がおまえらのケツ持ちする謂《いわ》れはねえやな。ですよね、旦那」

　と弥七が言葉尻を捉《とら》えると、伊藤もしたり顔で頷いて、

「面倒だから、こっちが請け負ってやるよ。事の次第をすべて話して、俺たちに任せることだな。たちどころに事件は解決。おまえたちの手を借りるまでもない」

「そうは参りません」

　毅然と言ってのけた薙左を、世之助の方が驚いて見やった。

「ほう……そんなに手柄をあげたいか」

「手柄なんてどうでもいいです。私は、岩松さんの供養をきちんとしたいだけです」

　と戸田の言葉を噛《か》みしめるように繰り返してから、鋭く伊藤を睨みつけた。

　伊藤の方は余裕の笑みを浮かべていたが、生意気な若造の態度が気に入らないのであろう、わざとらしく痰《たん》を吐き出して、

「俺にはきちんと供養できないとでも？」

「はい」

「なんだと？」

「人の遺体を足蹴にして川に落とすような人間には、何ひとつ任せられません」

伊藤と弥七は驚愕《きょうがく》の顔で、薙左を見やった。どうして、それを知っているのかと不思議そうな顔をしていたが、世之助も同じ気持ちであった。

「簡単な話ですよ、伊藤様。町名主を家に返す前に、少しばかり、中之町と、対岸の瀬之町あたりを調べただけのことです……岩松さんは畳針か錐のようなもので殺されていた。つまりこれは……殺しの玄人《くろうと》の仕業《しわざ》です」

「殺しの玄人……」

「ええ。そういう類《たぐい》の悪い輩《やから》が、この江戸で暗躍をしているのは伊藤様だってご存じでしょう？　そんな奴に頼んだということは、本当の下手人は、よほどの怨みを岩松さんに対して抱《いだ》いているということです」

「誰だ、それは」

「これから調べますよ。それよりも、中瀬川の両岸の町を歩いていて、思わぬ拾いものをしたのです」

薙左は何か子細でも摑んで、それをあえて言わない仕草をしたが、伊藤の方が少し苛《いら》ついて、どういうことだと迫った。ならば仕方がないと薙左は、まるで恩でも売るように勿体《もったい》をつけて、

「ご覧なさいな……」

と町名主の屋敷から、川を隔てて向こう岸を指した。

「なんだ……？」

「夜になれば、あの料亭や料理茶屋には客が沢山来ます。働いている女中たちも何人もおりますからねえ……向こう岸の様子は手に取るように分かるものです。殊に船着き場の近くには、辻灯籠《つじどうろう》がありますから、明かりが当たったようによく見える」

伊藤はアッとなった。

──誰かに見られていたのか。

張りつめたままの目で薙左を見やると、次に何を言い出すのかと兢々《きょうきょう》とした顔で黙って立っていた。

「言い訳はいいです。おそらく伊藤様は、町方で預かるほどの事件ではない。酔っぱらいや行き倒れの類なら、船手にやらせておけとでも思ったのでしょう」

「…………」

「その場で、しっかりと見ていれば、町名主の岩松さんだということくらい分かったのではありませんか？」

「何が言いたい。俺たちは、さようなことはしてはおらぬ」

「さあ、どうですかねえ……繰り返しますが、町名主と中瀬川の人たちの間では争い事があった。あなたは、もしかしたら中瀬川の誰かが殺したのかもしれない。そう思ったはずです。だからこそ、調べようとしているのでは？」

「黙れ、若造ッ」

と伊藤は腹の底から燻《いぶ》り出すような声を発して鋭い目になった。

「いいか。おまえたち船手が何をどう探索しようと勝手だ。だから、こっちはこっちで調べるまでだ。なるほどな……」

さらに何かを目論むような嫌らしい目つきになった伊藤は、薙左に顔を近づけて、まるで頭突きでもする勢いで、

「どうせ、加治が裏で糸を引いてやがるんだろう」

「カジ助……あ、いえ、加治さんが何だというのです？」

「奴とは色々あってよ」

その昔、船手番与力の加治周次郎と何か因縁でもあったような口ぶりで、薙左と世之助を睨みつけてから、

「なめるなと伝えておけ。もしかしたら、おまえら船手が総ぐるみで、町名主を殺したのかもしれねえからな。中瀬川の連中を守るために」

随分と乱暴なことを言い出したものだが、それこそ中瀬川の人々に対して、深い執念を抱いていると言っているようなものだった。

薙左はそのことを胸に刻みつけるように、じっと睨み返していた。

五

伊藤が虱潰《しらみつぶ》しに、瀬之町側の料亭や料理茶屋に殺しを見た者はいないかと尋ね回ったのは、それからすぐのことである。

弥七が蹴落としたのを見た者を探すことが本音だったが、岩松を殺したのを目撃した者もいるかもしれぬ。伊藤は下手人をあげさえすれば、それを証《あかし》に中瀬川の者たちを吊《つる》し上げられると考えていた。つまり、

——殺しは、中瀬川の者の仕業だ。

と睨んでいたのである。

たしかに、よくよく調べてみると、その〝土壌〟がなかったわけではない。今までも、桃太郎や網元の喜与蔵が、殺された岩松と激しくやりあっていたのを誰もが見ていたからである。

岩松を殺せば、中瀬川の人々が他に移ることがなくなるわけではないが、少なくとも有力な交渉役が消えてしまえば、話が頓挫《とんざ》することもありえよう。しかし、料亭や料理茶屋からは、まったく証を摑むことはできなかった。

ただ、『鮒忠《ふなちゅう》』という料理屋に奉公しているお結《ゆい》という娘が、

「弥七親分が、人を足蹴に川に落としたのを見た」

と証言したことだけは摑んだ。

伊藤はすぐさま、お結を橋番まで呼びつけて、色々と問い質《ただ》した。お結はまだ十八になったばかりで、初々《ういうい》しさの残るぽっちゃりとした童顔だったが、料理屋で働いているだけあって、しゃきっと答えていた。

「もう一度、訊《き》く。おまえは俺たちが、あそこで、人を蹴落とすのを見たと言うんだな。それは誰だ、この俺か？　それとも、こいつか？」

弥七を伊藤が指すと、お結は小さく頷いて、

「こちらの親分さんです。でも、伊藤の旦那が命じた……ように見えました」

「ように見えた？　随分といい加減なことを言うじゃないか。わずか二間ばかりの堀川とはいえ、夜になりゃ梟《ふくろう》でもない限り、よくは見えまい。しかも、二階からとなりゃ見下ろしているんだから、顔なんか分かりゃしねえはずだ」

「………」

「なのに、おまえは俺がこの弥七に命じて、町名主の岩松を川に蹴落とさせた……そう言うのだな？」

「は、はい……」

「妙だな」

薄笑いを浮かべた伊藤は、懐手《ふところで》をして、

「だってそうじゃねえか。百歩譲って、俺たちが土左衛門を流したとしてだ、それが岩松だってことがどうして分かったんだ？」

「どうしてって……」

「土左衛門は仰向《あおむ》けだったのか？」

「いえ。うつ伏せでした」

「だったら、尚更、何処の誰兵衛か分かるまい」

「ですから、それは……町名主さんが土左衛門になって見つかったと聞いたから……」

「てことは、後でそう思ったってことだな」

理屈ではそうなるのだが、お結は自分が見たのはたしかだからと言い張った。

下手《へた》をすれば、〝死体遺棄〟になりかねない。むろん当時そのような罪名はないが、同心として間違った倫理観や道徳心だとあげつらわれることであろう。

「後で……と言われれば、そのとおりですが、伊藤の旦那たちがやったのは本当です」

「だから、さっきから言ってるじゃないか。俺たちがやったとしてだ。それは塵芥だったかもしれないじゃねえか。どうして、それが人で、しかも岩松だと断定できるのだ、と訊いてるんだよッ」

伊藤が語気を強めると、お結は胸がドキンと高鳴った。その場から逃げ出したくなったが、土間ではしっかりと弥七が出口を塞ぐように立っている。

「本当に岩松だったのか！」

「それは……」

「はっきり言えまい。だったら、俺たちが岩松を蹴落とした、だなんてことを軽々しく言うんじゃねえ！　おまえは夢でも見たのかもしれねえんだからな！」

乱暴な言葉に、お結は泣き出しそうになってきた。橋番人もあまりにも理不尽なやり方に、吃驚《びっくり》して見ていた。

そのとき、突然、扉が開くなり橋番人を押しのけて入って来たのは、桃太郎だった。

ほんの一瞬にして、お結は地獄で仏の顔を見たように目が輝いたが、同時に不安も広がった。桃太郎にも災いが及ぶと懸念してのことだった。

「旦那。表にまで声が聞こえてやしたぜ」

「おまえは、中瀬川の……」

「へえ。桃太郎でやす。お結は連れて帰らせていただきますよ。こいつは、自分が見たことを正直に船手の旦那に話しただけのことだ。それを嘘《うそ》つき扱いするのは我慢できやせんからね」

「なるほどなあ」

と口元にニンマリと笑みを浮かべて、

「やはり、おまえとこの娘はできてやがったか」

「下種《げす》の勘繰りもいいとこでさ。俺は『鮒忠』のような料理屋になんざ、縁もゆかりもありやせん。ただ、この娘《こ》は、俺たちによくしてくれる。釣ってきた魚と交換に、端布や紙、薬から蠟燭《ろうそく》まで色々なものをくれるんでさ」

「だが、おまえとは理無《わりな》い仲だと聞いたぜ？」

「人の噂ってのは……」

「うるせえ。黙って聞けッ」

伊藤は益々《ますます》、調子に乗って乱暴な口調になると、

「てめえら、川暮らしの者にぐちゃぐちゃ言われたかねえんだよ、おう！　おまえが、ここ

に来ることは先刻承知。そりゃ、そうだろう。愛《いと》しい女が、大嘘ついて、それがバレて、役人に咎《とが》められてるんだからな」

「…………」

「それともなにか？　この女に嘘の証言をさせたのは、おまえか」

「旦那……俺に話があるのなら、お結を餌にしねえで、端《はな》から俺を捕らえりゃいいじゃありやせんか」

桃太郎は腹に据えかねた顔になって、お結の手を取ると、橋番から連れ出そうとした。途端、弥七が十手を喉元に突きつけて、

「待ちねえ、桃太郎さんよ。聞けば、おめえは生みの親が分からないって話じゃねえか。どんぶらこ、どんぶらこと流れて来たんだってなあ」

「そんなの関わりありません」

と口を挟んだのは、お結の方だった。さっきまでの気弱な娘ではなく、眉根《まゆね》を上げて弥七を睨みつけた。

「ふん。そうやって庇うところが、またいじらしいなあ、桃太郎さんよ」

いかにも言いがかりをつけている伊藤のことなど相手にせぬとばかりに、桃太郎はもう一度、お結の手をしっかりと握り直して、橋番小屋から出て行こうとすると、あくまでも留め

置くとばかりに、弥七は通せんぼをした。桃太郎に手を出させようというところであろう。そんな見え透いた手筋に乗る桃太郎ではないが、意外だったのは、お結の次の言葉だった。

「この人の何がいけないのですか、伊藤の旦那」

「どこの馬のナントヤラ……俺たちはそういう輩をきちんと調べて、事と次第によっちゃ、人足寄場《にんそくよせば》に送らなきゃならねえ」

人足寄場とは無宿者を集めるところである。

「だったら、その必要はありません」

「なんだと？」

「桃太郎さんの生みの親なら、はっきり分かっているからです」

「出鱈目《でたらめ》を言うんじゃねえ」

弥七が意地になったように声を荒らげた。

「嘘かどうか。その十手にかけて、お調べになったら如何《いかが》ですか」

あまりにも自信たっぷりに返すので、桃太郎の方が訝しげに見やって、

「もういい、お結。こんな奴らと関わることはねえ。帰ろう。御用にかこつけて、てめえがやったことを揉み消そうって奴には何を言っても無駄だ」

「いいえ。桃太郎さん……」

お結はきっぱりと見つめてから、伊藤を振り返った。

「今は『鮒忠』に奉公をしていますが、ゆくゆくは、誰もが喜んでくれるような料理屋をしたいという夢があります。私は、京橋の海産物問屋『丹後屋』の娘です」

「丹後屋……」

公儀御用達商人だけに、伊藤も知っていたようだが、それがどうしたと言いたげにじっと見据えていた。

「この桃太郎さんは……丹後屋の主人、平右衛門《へいえもん》の息子です」

「なんだと？」

「つまり、私の兄です」

とキッパリとお結は言った。

冗談でもそんなことを言うなと止めようとしたのは、桃太郎の方である。だが、お結は爛々《らんらん》と瞳を輝かせて、

「ですから、あなた方が案ずるような人間ではありません。私が嘘をついているというのなら、どうかお調べなさって下さい。そして、今後一切、つまらぬ言いがかりをつけないで下さいまし」

毅然と言って、まだ文句があるのかと言いたげに、お結は胸を反らした。

「ふん。おまえが丹後屋の娘……そして、こいつが丹後屋の息子なら、こりゃ大笑いだ。あぁ、ますます大事《おおごと》じゃねえか、なあ」

と伊藤は腹を抱えて大笑いすると、弥七もそれに迎合するように苦笑いをした。それが何を意味しているのか、桃太郎もお結も分からなかったが、得体の知れない不気味さを感じると同時に、此度の事件の闇《やみ》を見たような気がした。

六

「ほう……あの桃太郎が、『丹後屋』の息子だというのか？」

待ち合わせをしていた小料理屋『あほうどり』で、加治は信じられないという顔つきで、杯を傾けた。薙左が注《つ》ぎ足そうとすると、面倒だからお互い手酌でやろうと、銚子《ちょうし》を傍らに置いて、

「薙左。おまえはその裏を取ったのであろうな」

「はい。ただ……」

「ただ、なんだ」

「主人の平右衛門は、はっきりとは認めておりません」

「だったら話にならぬではないか」

加治はもう一杯やってから、空になった銚子を厨房の中にいる女将《おかみ》のお藤《ふじ》に、徳利ごと冷やでくれと頼んだ。すぐに運んで来たお藤は、いつになく冴《さ》えない顔で、

「はい、どうぞ」

とぞんざいに、畳付《たたみつき》が割れるかと思えるほどの勢いで置いた。薙左は驚いてお藤の顔を見たが、無表情のまま、

「ゴマメちゃん。あんたも大変ねえ」

とだけ言って厨房に戻っていった。

「女将さんでも、不機嫌な日があるんですねえ。加治さん、何か悪いことしたんじゃないんですか?」

「ばかを言うな」

「でも、明らかに加治さんに対して怒ってる感じですよ」

この二人には、他人には分からぬ情愛がある。

かつて、お藤が一緒だった男と加治は大の親友だったのだ。加治が譲ったという話もあるが、亭主が亡くなって何年か経《た》ってから、船手奉行所にほど近い所に、お藤がこの店を出したものだから、二人の仲はますます疑われていた。

この店では、小女《こおんな》をひとりだけ雇っている。さくらという娘で、薙左よりも年下だが、いつもゴマメ呼ばわりしている。小柄で屈託のない性質《たち》だが、こんなお日様のような娘でも、一度はある男のために身投げをしたほど思い詰めたこともある。

人はみな何かを背負って生きているものなのだ。薙左とて、同じ船手同心だった父親が、抜け荷一味を追ったまま行方知れずになってしまった。その父の生き様を辿《たど》るように、他の世間体のよい楽な役職には見向きもせず、〝吹き溜まり〟と言われる船手奉行所を自ら選んで来たのだ。

「加治様。謝った方がいいんじゃないですか？　女将さん、もうプンプンですよ」

さくらはそう言いながら、鰺《あじ》のタタキと煮穴子を運んで来た。ぷうんと甘辛い穴子の匂《にお》いに、薙左は思わず喉を鳴らした。

「ちょっと飯もくれるかな、さくらちゃん」

と言いながら、鰺のタタキに箸《はし》を伸ばした。分葱《わけぎ》と茗荷《みょうが》と大根を刻んだものに、生姜醤油《しょうがじょうゆ》ではなくて、甘酢《あまず》味噌《みそ》が添えられている。

鰺は三枚に下ろした後、刺《とげ》抜きならぬ骨抜きをするのが結構大変だが、それを丁寧にしているのは、女将の愛情がこもっている証である。それに、穴子の方も、目に見えるか見えないかの小さな火に長い時をかけて、とろとろと煮ているから、口に入れて溶ける仕上がりになっているのだ。これまた、女将の誠意だから、本気では加治のことを怒ってなんかいないのだ。薙左はそう思っていた。

「まあ、怒りたければ怒らせておけ」

と加治は半ば照れながら、煮穴子を食べてから、ほっと溜息をついた。

「どうせまた、芝居でもすっぽかしたんでしょう？」

薙左が尋ねると、余計なことを言うなと杯を傾けてから、

「話を戻すが、丹後屋平右衛門が桃太郎の父親だってことは、本当の話なのか？」

と加治が聞き返した。

「はい。お結の話によると、平右衛門には二十五年程前に、清吉《せいきち》と桃太郎……本当は、政吉《まさきち》というのですが、双子が生まれたらしいのです」

「双子、な……」

当時は、双子が忌み嫌われることもあって、片方が何処か他家に貰われることも多かった。殊に武家では厄介で、どちらかを跡継ぎにしたところで、後々に面倒が起こることは目に見えている。ゆえに、間引きと同じように殺してしまうこともあったという。商家でも同じような理由で、他家に養子に出したり、棄てたりと、今では考えられない仕打ちをしていた。

「これは、あくまでも私が感じたことですが、平右衛門はそのことを、本当は心の底から悔

いていたようです」

　と薙左自身が、『丹後屋』を訪ねて、直に聞いたことに対する考えを述べた。

「そのこと？」

「生まれて間もない自分の子を川に流したことを、悔いているということです。途中で溺れる危うさはあったわけですしね。誰かに拾われることを期待してのことでしょうが……おそらく中瀬川の夫婦に拾われて育ったことも承知していたようです」

「たしかか？」

「妹のお結はまだ生まれていませんから、桃太郎のことは当然、知るはずもありません。が、子供の頃、お結は父親と母親が、子供を川に流してしまったことを話しているのを聞いたことがあったそうです」

　薙左は、お結から聞いた話を続けた。

　衝撃を受けたお結だが、長兄の清吉の他にもう一人兄がいると知って、どうしても探してみたくなったらしい。そこで、平右衛門にさりげなく探りを入れたりしているうちに、中瀬川だと分かった。さらに調べてみると桃太郎という漁師がいて、実は伝説のように盥に入って流れて来たと判明した。

　実際に会ってみると、一見すると双子には見えない。片や日焼けして真っ黒で筋骨隆々としているのに、清吉の方は商家育ちでろくに日にも当たっていないし、無駄に肥えていて青白いからである。

　だが、目鼻立ちは驚くほどそっくりだったので、お結は確信したのだという。

「それで、私も『丹後屋』で会ったのですが、たしかに桃太郎に似ています。ですが、桃太郎に比べて、何というか……横柄な感じで、自分が一番偉いって威張ってましたね」

「ふむ。おまえが一番嫌いな類だな」

「まあ偉いのは事実ですから。父親の平右衛門は隠居こそしていませんが、実際に店の切り盛りをしているのは、清吉の方です。番頭や手代たちも、清吉の言うことばかり聞いているようです」

「なかなかの遣《や》り手らしいからな、二代目の若旦那も」

　平右衛門は自ら作り上げた店を公儀御用達にまでした商人である。元は天秤棒《てんびんぼう》担ぎの干物売りから始めたというから、よほどの努力をしたのであろう。

　商才もあったのであろうが、色々な大店《おおだな》の主人とのつきあいもうまかったし、役人への取り入り方も生半可ではなかったらしい。

　そうやって一代で築き上げたのだから、双子が生まれたくらいで、肉親を引き裂くような真似《まね》をせずともよいと思うのだが、周りの目を気にしたのか、弟の方は不遇な暮らしを強《し》いられた。かといって、それが幸せかそうでないかは分からぬ。少なくとも桃太郎は己の境遇を楽しむような立派な漁師になり、中瀬川の人々の苦難をも一身に引き受けているのである。

　薤左は桃太郎の心情をおもんぱかったのか、少し俯き加減に酒を飲んで、

「ということは……桃太郎の一番の敵は、自分の親と兄ってことになりますね。中瀬川の漁師たちの漁場を、『丹後屋』が大きな船を使って、どんどん奪っているのですから」

「そういうことだな……」

「たまりませんね」

「さあ、どうかな。それもまた、今様《いまよう》ってやつではないのか？　強い者大きな者が、弱く貧しい者を踏み潰し、蹴散らす」

「そんなことが今様でよいのでしょうか」

「ふむ。また始まったな」

　と加治はまんざらでもなさそうに微笑《ほほえ》んで、

「青臭い正義をかざすのはやめてくれよ。おまえのお陰で、戸田奉行も少なからず迷惑を被っておるのだからな」

「加治さんや鮫島さんの心意気は、充分分かっているつもりです。そんなふうに言いながら、必ず強きをくじき弱きを助ける。そんなところが好きなんですよ」

「おいおい……そういうところが青臭いんだ。照れるということを覚えろ、バカ」

「いいえ。照れることはありません。正しいこと、まっすぐなことは照れるどころか、正々堂々と実践するべきなのです」

と薙左は加治を直視すると、乾杯の仕草をしてから、ぐいと酒を飲み干した。

七

凪《なぎ》から、突如、房総からの海風が強くなった。ほんの少し前まで鏡のようだった海面に、俄《にわか》に白波が広がり、無数にはためく漁船や荷船の帆が激しく揺れていた。

世之助が操る茶船《ちゃぶね》は川船の一種で、海の横波などには弱いが、中瀬川から隅田川の河口あたりに出るだけだったので安心していたのだが、満潮時とも重なって、さすがにうまく櫓を漕げないでいた。

しかし、中瀬川の漁師たちは、まるで自分の手足のように漁船を操って、水練を楽しむかのように、荒海に次々と飛び込んで、鮑や栄螺《さざえ》を獲っていた。

薙左も世之助の傍らに座って、漁師たちの仕事ぶりを見ていたが、その泳ぎたるや魚のようで、水中を自由自在に動き回り、伊勢海老や蟹を獲るのだ。

今日は危険な岩場に素潜りをして、貝類を漁《あさ》っていた。桃太郎のみならず、漁師たちは大概、千を数えるくらい潜り続けることができる。それほど肺が丈夫なのだが、動きも速く力強いから驚く。

だが、波が激しくなってきたので、船頭の合図で一斉に引き上げようとして漁船に上がったとき、沖合から一隻の大船が迫ってきた。二百石はあろうかというもので、舷《げん》から船首にかけて鋭角に反っており、波を鋭く裂いて、漁船を粉砕するのではないかという勢いで近づいて来るので、身の危険すら感じた。

「無茶なことしやがるッ」

船手奉行所の手練《てだ》れ水主の世之助ですら、恐ろしく感じたほどだった。大きくうねる波は木の葉のような漁船など呑み込むように襲って来て、危うく横波に煽《あお》られそうになった。

ギギギッと猛烈な軋《きし》み音を立てながら、大船は停泊すると、突如、数十人の男たちが船縁に現れて、大きな掛け声とともに一斉に網を海に向かって投げた。

海面から見ていると、まるで天蓋《てんがい》が落ちてきたかのような雄大さであった。網の所々には錘《おもり》がつけられていて、水面に着地すると同時に水しぶきをあげ、そのまま波を摑むような勢いで海底に沈んでいった。その堂々とゆったりとした動きは、まさに大魚が雑魚《ざこ》を飲み込むようなもので、ずぶずぶと不気味な音を立てて、異様な泡が広がった。

呆然《ぼうぜん》と揺れる小舟に立ったまま見上げていた桃太郎たちの顔には、怒りよりも絶望の色が漂っていた。

「あいつら……わざと俺たちの漁場を荒らしてやがるんだ」

「あの船が、漁場を？」

と薙左は心配そうな目で、二百石の大船を振り返った。

「そうだ。このところ、ずっとだ。あれは汐留の網元が、大船でごり押しでやって来て、この辺りで獲れる質のいいものを、根こそぎ奪っていくんだ。日本橋の市場には送らず、高値で買い取る『丹後屋』に直に卸すことになってるらしい」

「丹後屋……」

「鮑や昆布などの海産物は樽廻船や菱垣廻船を通じて、遠く蝦夷《えぞ》や越後から届けられるが、『丹後屋』は自前のものを作るために、大量に獲るんだ。江戸湾だけではない。房総沖や相模《さがみ》湾から遠州灘《えんしゅうなだ》まで、同じようなことをしている。その方が、廻船を通じて仕入れるより金がかからないし、干し物作りの手間もかからないからだ」

「…………」

「だから、俺たちみたいに漁場を失っていく、貧しくて弱い漁師たちが、どんどん増えていってる。食うためには、あんな大船に乗って網を投げる側になるか、でなきゃ、潔く漁師を諦《あきら》めるかだ。けど、俺たちは……陸に上がった河童《かっぱ》にはなりたくねえ」

そう語る桃太郎には、まだまだ力強さが溢《あふ》れていたが、目の前に現れた大船に立ち向かうには、漁船はあまりにも小さく脆《もろ》かった。

――長いものには巻かれろ。

とばかりに、殺された町名主の岩松は、再三再四、桃太郎たちの所を訪れて、大船の漁師になることも勧めていた。しかし、あんなのは漁師とは言えないと頑《かたく》なに断っていたのである。

だが、何度も目の前に現れる巨船を見るたびに、仲間の漁師の中には、

――もはや、ひれ伏すしかないか……。

と諦めそうになる者もいた。殊に年を取って、闘うことが苦痛になってきた者や子供が多くて、もっと楽な暮らしを望む者たちには、お上の言いなりになるのが一番利口なやり方ではないかと思い始めていたのだ。

もちろん、自分たちが続けていた漁法が間違っていたとか、卑下するものではない。むしろ誇りをもってよいものである。とはいえ、〝時代の流れ〟という大きなうねりには呑み込まれるしかない、そう考える者も少しずつだが増えていた。そんな不協和音が広がることを、

お上の方は狙《ねら》っていた節もある。

事件は、その漁を途中でやめて、中瀬川に引き返したときに起こった。

桃太郎たちの漁船がすべて、隅田川や江戸湾に出ていた間に、それまで停泊していた左岸一帯に筏が組まれていたのだ。しかも、河口付近には幾つもの杭《くい》が立っており、漁船が戻ることができない。これでは、まさに締め出しである。

桃太郎たちはそのやり口が頭にきて、隅田川沿いの適当な所に船を繋ぐと、まるで徒党を組むようにして、筏の広がる中瀬川の左岸に集まった。

そこにはすでに南町奉行所の捕方や町方中間《ちゅうげん》たちも大勢出て来ており、弥七を引き連れた伊藤がまるで総大将のような態度で、床几《しょうぎ》に座っていた。その顔を見るなり、桃太郎は真っ黒に日焼けした顔を向け、太い腕の力こぶに怒りを露《あら》わにした。

「どういうことですか、伊藤の旦那」

いきり立つ桃太郎を薙左は制して、一歩前に出た。下手に手出しをすれば、一斉に捕縛しようという町方の意図は明らかだからだ。

「船手の若造が、まだ関わっておるのか」

「こんなやり方は、断じて許すことはできませんッ。それとも、南町のお奉行様は、川の民を締め出せと命じたのですか」

あえて鳥居耀蔵の名は出さなかったが、江戸町人にすら強圧をかける町奉行である。川の民、海の民のことなど、江戸町人とも思っていないのであろう。伊藤は、その問いかけには何も答えず、

「そんなことより、若造」

「私にはちゃんと早乙女薙左という名があります。同じ同心の立場。きちんと名前くらいは呼んで貰いましょうか」

ぐっと睨みつけた薙左は、それまでの弱々しい表情ではなかった。太い眉毛には、しっかりと強い意思が現れていた。小野派一刀流と関口流柔術の免許をすべて取っている武芸者でもある。薙左は達人であることを見せつけたことはないが、

——弱い人々が理不尽な目に遭ったときには、その限りにあらず。

と思っている。

その気迫を伊藤は感じたのであろうか。わずかに腰を浮かせて、

「早乙女……と言うたかな。粋《いき》がるのはよいが、岩松殺しの下手人はどうなった」

「それは、まだ……」

「まだ何だ？」

「鋭意、探索中です。見た者などを色々と探っておりますれば……」

「まだそんなことをやっているのか。だから、船手は〝吹き溜まり〟と言われるのだ」

小馬鹿にしたように口元を歪《ゆが》めてから、

「南町では、とうに下手人を上げておる」

「え……!?」

「それゆえ、こうして大捕物に馳《は》せ参じたのだ」

「ど、どういうことです？」

「ここに張り巡らせた筏は伊達や酔狂で置いているのではない。ましてや、締め出すための策とも違う……下手人を根こそぎ捕らえるためだ」

「根こそぎ？　一体、何があったのです」

驚きを隠せない薙左に、伊藤はもう一度、馬鹿にしたように笑い、呆《あき》れた溜息をついた。

「知りたいならば教えてやろう」

伊藤が「おい」と声をかけると、弥七が実に嬉しそうに軽やかに近くの橋番まで駆けて行くと、縄で縛った喜与蔵を連れて来た。中瀬川の網元である。

「喜与蔵さん……」

薙左が驚く前に、桃太郎たち漁師たちも仰天した。

「何の真似だ」

漁師たちがどっと前に出ようとすると、役人たちが六尺棒を突きつけて押し返した。そして、伊藤はおもむろに立ち上がって、

「分からぬか？　町名主の岩松を殺したのは……いや、正しく言えば、岩松をある男に殺させたのは、この喜与蔵だ」

「まさか……」

薙左は首を振った。一瞬にして脳裏を巡ったのは、

——喜与蔵はハメられたに違いない。

という考えだった。

しかし、喜与蔵当人は項垂《うなだ》れたまま、自分はやっていないと否定すらしなかった。それでも、薙左は思った。

——もしかしたら、親兄弟を盾にして、ありもしないことをでっちあげ、拷問まがいのことをしたのではないか。

そう思うと、新たに怒りが沸々《ふつふつ》と込み上がってきた。だが、伊藤はまったく悪びれる様子などなく、それが当然のように語った。

「おぬしのした話が、いい手がかりになった」

「私の……？」

「殺しの玄人……あのことだよ」

「………」

「そのことならば、こっちは色々と裏渡世の繋がりもあるのでな。表沙汰《おもてざた》にはできぬことだが、あれこれと探りを入れたところ……錺《かざ》り職人の宇助《うすけ》という男が浮かび上がった。ああ、奴が最も得手《えて》とするのが、簪《かんざし》でぐさりと盆《ぼん》の窪《くぼ》を刺すやり口だ」

その事実が本当かどうか、今はたしかめようがないが、薙左は驚きを隠せなかった。その宇助という者に、数両の金を渡して、殺しを頼んだというのだ。面倒を持ちかけてくる岩松さえ消えてくれれば、当面、自分たちの不利益がなくて済むからだ。

「嘘だ……嘘でしょ、喜与蔵さん！」

飛びかからんばかりに薙左は問いかけたが、喜与蔵はしっかりと見つめ返して、

「本当のことです」

と答えた。喜与蔵が出した五両の金は、中瀬川の漁師たちが、不漁のときなどに暮らしを補う積み立て金から出したという。

「つまりは……おまえたち、中瀬川の者たち、みんなの咎だということだ」

伊藤は強引にそう理屈をつけて、桃太郎をはじめ漁師をみんな捕縛するという。

「そんな無茶な話が通ると思うのですか。伊藤様！　あなたのやり方は、いかにも乱暴すぎ

るッ。これが役人のすることですか。役人は、人の役に立つためにある。だから……」

「ガアガアうるさいよ、早乙女」

「！………」

「喜与蔵は殺しを認めたのだ。認めた上は、こっちも捕らえて調べなきゃならぬ。少しは世間てものが分かったか……おまえが善人と信じていた奴が、貧しくて弱いと思っていた奴が、人を殺していたのだ」

「………」

「それが現実だ。なあ、幾ら綺麗事を言ったところで、我が身が大事。人の命を奪ってでも、てめえの暮らしを守る者に、なんの情けをかける……引っ捕らえろ！」

伊藤が采配《さいはい》を振るように命じて、捕方たちが一斉に桃太郎たちに躍りかかったとき、薙左に暗澹《あんたん》たる思いがよぎった。

漁師たちは必死に抵抗して、激しい揉み合いになった。

そのために、傍《そば》で見ていた漁師の女房や子供たちは大きな声で泣き叫び、役人たちに物を投げたりしたが、薙左はそれも幻ではないかという錯覚に囚《とら》われた。

集まって来た人々の間には、先日、助けた子犬を抱いた子供たちや、お結の姿もあった。

しかし、それすら、夢の中のできごとのように思えてきた。

八

京橋にある海産物問屋『丹後屋』に再び足を踏み入れた薙左は、客や人足の間で、帳簿を片手に忙しそうに仕事をしている清吉に声をかけた。

「ああ……また早乙女様でございますか」

物腰は丁寧ではあるが、訪ねて来られて迷惑だという顔をしていた。

「中瀬川のことで話をしたいのですがね」

「そのことなら先日……」

「新たな事態になったのです。これは、『丹後屋』とも無縁ではない。よろしいな」

この前とは少し態度が違うと察した清吉は、中庭を挟んだ離れ部屋に通した。

薙左が来たのを察したのであろう。奥の書斎で書見をしていた主人の平右衛門も、何事かと顔を出した。

「旦那様はお休みになっていて下さいまし」

清吉は半ば迷惑そうな顔で言ったが、平右衛門はちゃんと目を合わさずに、

「何事も隠さず、私に言いなさい」

と機先を制するように座った。息子なのに旦那様と呼ぶところや、お互い丁寧な言葉遣いをするのは、人前だからであろう。だが、薙左の目にも、

——あまり、いい関係ではない親子。

に映っていた。

清吉は少しばかり不満そうに目を細めたが、薙左の方に向き直ると、この店を取り仕切っているのは私だとばかりに、

「ご覧のように旦那様は近頃、とみに体が弱くなりましてね。ですから、早乙女様、あまり長い話は遠慮していただきたいのですが……ご用件をお伺いいたしましょう」

「いや。私に遠慮はいりません。この際だ。色々と問題があるのならば、船手の方にもハッキリさせておいた方がよろしい」

と平右衛門は意味ありげな言葉を吐いた。薙左がちらりと見た視線に、平右衛門は気づいたようだが、恬淡《てんたん》とした目つきで座っていた。

二人とも、既に伊藤から話を聞いて、岩松殺しの下手人のことは知っていたようだが、あえてそれには踏み込まず、薙左の用件だけを聞こうとした。

「それでは言いますが……まるで安宅船《あたけぶね》のような大きな船で、中瀬川の漁師たちの漁場を荒らすのはやめてもらいたいのです」

答えたのは清吉で、ふんと口の中で笑うように咳払いをしてから、

「私たちは別に漁場を荒らしたりしてはおりません」

「いや。私たち船手奉行所の者は前々から調べていたのですが、近頃は、大きな船で大量の魚を獲るために、一人一人が営んでいる漁師たちの暮らしが脅かされているのです」

「そうですかねえ」

「はい。それに漁師の暮らしだけの問題ではなく……これは以前、隅田川の白魚が獲られすぎて、まずい事態になったこともあるように……今度は江戸前がおかしな塩梅になっては困るので、漁獲を控えて貰いたいのです」

「おかしな塩梅と言われても……」

「知ってのとおり、魚介類は命です。自然の恵みの中で生まれてくるものです。草花のように、人が種を植えて育てるのとは、また違います」

薙左は流行の朝顔や盆栽、さらには近郊農家の野菜などを引き合いに出して、海の幸には数量に限りがあると述べたが、分かってか分からずか、清吉は鼻白んだ顔で、

「それが何か？」

と逆に問い返してきた。薙左は少し苛立ったが、じっと我慢をして、丁寧に説明をし直し

てから、

「つまりですね、『丹後屋』さんが獲り過ぎることによって、中瀬川の漁師たちの暮らしが苦しくなっているのです」

「それはまた乱暴なおっしゃりようですね。私どもは獲り過ぎているとは思っておりませんが……まあ、百歩譲ってそうだとして、うち一軒で、江戸前の海を浚《さら》うことなんぞできるわけがありません」

「もちろん、あなた方と同じように、大きな船で根こそぎ持ってゆく大店は他にもいます。ですが、おたくのように、わざわざ中瀬川の漁民が大切にしている漁場を荒らす者はいません。漁師たちはお互いに棲み分けているのを知っているでしょう。あなた方のやっていることは、人が見つけた財宝を横取りするようなものなのですッ」

　と語気が強まった薤左を、平右衛門は涼しい目で見ていたが、ほんのわずか目がキラリとなった。何かを期待したような目だった。薤左は紅潮した顔で続けた。

「元々、おたくは松前の方から海産物を仕入れていた店ではありませんか。しかも、将軍家や御三家などにも納めているのですから、江戸前よりも質の高いものが欲しいのではありませんか？」

「早乙女様……江戸前ほど素晴らしい漁場はありませんよ」

「ならば、尚更、大切にしなければいけないんじゃありませんか？　船手奉行所は事件や事故ばかりを追っているのではありません。江戸町人百万人のために、海や川を守らねばならないんです」

「海を守る……」

「川もです」

「ならば、お聞きしますが……」

清吉は身を乗り出して、いかにも面倒臭そうな顔になって、

「あの川をどうにかして下さいませんか。ええ、中瀬川ですよ」

「白い水、のことですか」

「そうです。あれは、もちろん両岸の料理屋などのせいもあるでしょうが、あの場で長年、いや何代も暮らしている漁師たちのせいでもあるのですよ。川を汚しておいて、自分たちの暮らしだけは守ってくれとは、虫がよすぎませんか？」

「………」

「こんなことを言ってはなんですがね、早乙女様。海や川のことをおっしゃるなら、魚というものは、それこそ強い者が弱い者を食って生きているのでございますよ」

弱肉強食だと言いたいのだ。この世の中も同じじで、力のある強い店が小さな商人を潰して

勝ち抜いていくことが当然だというのである。

「だが、私たち人間は違う……」

と薙左は毅然と言い返した。

「世の中には強い者、恵まれた者、弱い者、貧しい者、色々な人がいる。しかし、お互いに助け合っていくのが人の世というものではありませんか？　強い者は弱い者を助け、富める者は貧しい者を救うんです」

「…………」

「では逆に迅きたい。清吉さん、あなたは、その日暮らしの漁師たちの暮らしを潰してまで、お金を稼いでどうするのです。どうしたいのですか」

半ばムキになって向かってくる薙左に、清吉はそっぽを向いて、答えをためらった。

「贅沢《ぜいたく》するのも結構、好きなことをして遊ぶのも結構です。でも、その儲《もう》けたお金で、世の中をよくすることが、あなた方、大店の務めなのではありませんか？」

「…………」

「そりゃ、そこまでなるのには大変な苦労もあったのでしょう」

と平右衛門を見やった薙左は、何度も頷くような仕草で、

「でも、その苦労はどうやったら報われるのでしょうか。お金をどう使ったら、人々のため

になるのでしょうか」

責めるように言うと、清吉はサッと立ち上がって、

「扶持米《ふちまい》で暮らしている御家人に、金のことをあれこれ言われたくありませんな。そんな思いがあるならば、あなたも町人になって、その手で稼いで、世の中を金の流れで見てみればいい。少しは考えが変わるでしょうよ」

と不機嫌極まりないという表情で、後は父親に任すと廊下に出た。

そこには、お結が切なそうな顔で立っていた。

「なんだ、立ち聞きか。行儀が悪いぞ」

吐き捨てるように言うと、清吉は店の方へ廊下を踏み鳴らすようにして去って行った。

九

「申し訳ありません。あんなふうな息子に育てたのは、この私です。どうか、ご無礼の段、ご勘弁下さいまし」

平右衛門は丁寧に頭を下げた。

「私の方こそ生意気でした」

と薙左が恐縮すると、

「そんなことはありません」

廊下から入ってきたばかりのお結が、薙左の前に立って、

「このお方のことは、桃太郎さんが褒めてました。近頃、珍しく気持ちのいいまっすぐな若者で、弟みたいだって」

「桃太郎……」

と平右衛門の表情に翳《かげ》りが出ると、お結は遠慮もせずに、はっきりと言った。

「お父様もご存じでしょ？」

「え、ああ……中瀬川の腕利きの漁師らしいな。特に伊勢海老を獲るのが上手《うま》いとか聞いたことがあるよ」

「そうじゃありません」

「ん？」

「私が言いたいのは、お父様もよく桃太郎さんのことを知ってるはずだということです。清吉兄さんの育て方が間違っていたとしたら、桃太郎さんはどうなのでしょう……うちで育てられなかったから、あんな立派な考えのお人になったんでしょうか」

「お結……」

動揺を隠せない平右衛門は、鯉《こい》のように口をぱくぱくとさせていたが、やがてすべてを承服したのか、唇をきつく結んで、

「そうか……おまえは知っていたのか……だから、『鮒忠』に……」

「お父様から見れば、息子たちが……そして、私から見れば双子の兄二人が、争い合っていることになりませんか、そうとは知らず」

「…………」

「双子なのに馬鹿げてます。今からでも遅くはありません。本当のことを言って、仲良くさせることができませんか？　清吉兄さんだって、自分の弟だと知ったら、桃太郎さんのこと……いいえ、政吉兄さんの言うことが、少しくらい正しいと考えてくれるんじゃないでしょうか」

「お結……」

「そしたら、長年、政吉兄さんを育ててくれた中瀬川の人たちのことを、助けようって気持ちになるんじゃないかしら」

「いいや……」

と平右衛門は首を振りながら、

「私も何度、話そうと思ったか……だが、今のあいつに、その話をすれば、逆なでするよう

なものだ。自分を貶《おとし》める邪魔が現れたと思って、余計、酷《ひど》いことをするかもしれない」

「そんな、お父様……自分の息子を信じることができないのですか？」

「桃太郎だって、そうだろう」

「え？」

「今更、本当の身元を明かされたところで、困惑するだけだろうしな」

「政吉兄さんなら知ってます。私がすべてを話しましたから」

お結の言葉を聞いて、平右衛門は愕然となった。

「つまらぬことをしてくれたな……」

「いいえ。政吉兄さんは、お父様を恨むどころか感謝してましたよ。自分にとって、最も性に合った仕事ができ、自由に気ままに暮らしていられることにね」

「皮肉ではないのかねえ」

「そんな人じゃありません。そうでしょ、早乙女様」

二人を見守っていた薙左は、そのとおりだと頷いて、

「後は、私に預けてくれませんか？」

「ええ？」

「私も、お結さんと同じです。正直に話せば、なんとかなるものです。隠し続けていたとこ

ろで、何もよくなりません」

　平右衛門は感心したように頷いた。

「ただし、大旦那も手を貸して下さい」

「どのように」

「中瀬川の白い水のことに関しては、誰がなんと言おうと、漁民のせいではありません。かといって、料亭や割烹が悪いわけでもない。これはひとえに、きちんと下水を整えていない公儀のせいでもあります」

「え、ああ……」

「ですから、大旦那から、町奉行所宛てに嘆願書を届け、中瀬川一帯の者をきちんとするためのお金を出すよう申し出て下さい。もちろん、北のお奉行様にですよ。遠山様とうちの戸田奉行は、肝胆相照らす仲、ですから」

「…………」

「白い水がなくなれば、桃太郎さんたちがいても誰も文句は言いますまい？　それに、町名主の岩松さんの一件にも、少々、疑念がありましてね」

　薙左はにこりと笑うと、お結と平右衛門父娘に、なんとかしましょうよと励ますように言うのであった。

その日のうちに――。

小伝馬町《こでんまちょう》牢屋敷に入れられている桃太郎たちに、薙左は会いに行った。

牢内での取り調べを、奉行同士で話をつけて貰ってから来たのだが、薙左は清吉を同行させた。当然、初めは嫌がったが、

「岩松殺しの下手人として、喜与蔵を引きずり出したのは、あなたの考えだと聞きましたよ。下手をすれば、罠《わな》をかけたということで、あなたの立場も悪くなる」

とふったところ、薙左を警戒したものの、他に洩れては困るのか、渋々承知したのである。

薙左は、喜与蔵が下手人になれば、誰が一番得するかを考えたのだ。

――伊藤は手柄になるし、清吉は面倒な漁師とのいざこざがなくなる。

案の定、二人は手を組んでいた。役人につつかれると意外と脆いところがある清吉は、伊藤の言いなりになっていたのだった。

牢屋敷内の鍵役同心の立ち会いのもとで、薙左は桃太郎と喜与蔵に問いかけた。他の漁師たちは、とりあえず寄場送りになっていた。殺しに直に関わったのは、桃太郎と喜与蔵だけだと、判断されたからである。もちろん、桃太郎の知らぬことであった。

「喜与蔵さん……ここで話したことは、南のお奉行には届かない」

「え……」

「船手奉行にしか分からないから、正直に話して欲しい。この事件は元々、こちらで受けた事件なのでね」

「…………」

「この人は『丹後屋』の若旦那、清吉さんだ。桃太郎さんも網元も会ったことがないかもしれないが、正直に話してくれたんだ。南町の伊藤さんに、ちょっと厄介なことをね」

薙左は事の顚末《てんまつ》を話してから、喜与蔵が宇助という錺り職人に頼んだということは、作り話だということを伝えた。

「喜与蔵さん。あんたが、伊藤さんに言われて承知したのは、自分の娘や孫が可愛かったからだ。人身御供《ごくう》に取られたら、誰だって、やってもないことをしたと言いますよ」

「そうなのか？」

桃太郎が聞き返すと、喜与蔵は蚊の鳴くような声で頷いた。

「でも、責めないで下さいよ、桃太郎さん。やってないことを、やったと言っただけなんだからね……錺り職人の宇助は、後でちゃんと調べて分かったが、町名主の岩松さんから、沢山の金を借りていてね……そのことで揉めて、刺したんだ」

「！…………」

「その事実を知った伊藤さんは、これを利用して、喜与蔵さんをハメただけなんですよ」

と薙左は言い含めるように諭してから、傍らにいる清吉を押し出した。

「さあ、どうします、桃太郎さん……この人が、あなたの兄ですよ」

そう言われて、表情が強張《こわば》ったのは清吉の方だった。

だが、桃太郎は穏やかな顔をしたまま、じっと清吉の顔を見つめている。こんな近くでまじまじと見たことはないから、改めて、不思議な気がしたようだ。

その見つめるまなざしに、清吉も何かを感じたようだった。風貌《ふうぼう》は違うが、やはり似ている。目鼻だちや何とも言えない漂う雰囲気がそっくりなのは、当たり前のことだった。

「清吉さん。あなたが苦しめていたのは、あなたと血を分けた弟だったんです」

「…………」

「桃太郎さんも、お結ちゃんから、つい近頃、聞いたばかりでね……驚きよりも、どうしていいか分からなかったって」

「私の……」

「弟ですよ。そりゃ、あなたもびっくりしたでしょう。ですが、二人は双子の兄弟なんです。これからどうしたらよいか、二人で同じように悩んで下さい」

「…………」

「この前店で私が話したことは、この桃太郎さんからの受け売りです。あなたと血を分けた人の言葉だったのですよ」

「小さい頃から……薄々は感じていたが……」

亡くなった母親が、小さな位牌《いはい》を隠すように持っていたことがあり、それを一度だけ咎めるように聞いたことがあるが、

——死産をした子だ。

と話されたから鵜呑《うの》みにしていた。が、もし、その弟が生きていたら、どうだったであろうか、遊び相手になってくれただろうかと妄想したことはあった。妹のお結は年が離れていたので、一人っ子が二人いるようなものだった。

「本当に……？」

清吉は消え入るような声で見やると、俄に悔やんだように胸を押さえた。

自分が実の弟を苦しめていたのではないか、どんな苦労をして生きてきたのか、それに比べて自分は安穏な暮らしだったのではないか、どうして父親は黙っていたのか……などという思いが一挙に噴き出してきたが、不思議に混乱はしなかった。

「心配するなよ、兄貴」

と桃太郎の方から、穏やかな声をかけた。

「俺はあんたの身代を狙ったりしてねえよ。頼まれたって、商人なんざ御免だ。でもよ、こうして会えたんだ。なんとかお互い、うまく生きていく手はないもんかな」

「…………」

「いいんだ。今は何も言わなくていい。ゆっくりと飯でも食いながら、色々な話をしようじゃねえか……ああ、時はたっぷりあらアな」

「そう……そうだな」

と頷いた清吉の瞼《まぶた》から、つうっと涙が零《こぼ》れた。

それを見た桃太郎も言葉にならず、涙が溢れ出てきた。

そして、二人は黙ったまま、鼻水をすすりながら、静かに雪解けを待っているようだった。

これが肉親の情というものであろうか。

——誰が呼んだか泣かせ川、別れて命のまた会うまでに、悔いて涙の雨が降る。

という端唄が、聞こえてきた……ような気がした。

これは恋心をうたったものらしいが、親兄弟もまた同じ気持ちであろう。

「牢屋奉行に伝えて下さい。桃太郎さんも喜与蔵さんも、もうここにいる必要はなくなったでしょう？」

薙左が微笑みかけると、鍵役同心は無表情のまま立ち上がった。

格子窓の外には、蕭々《しょうしょう》と雨が降りはじめた。明日は中瀬川の水が増え、白い水も綺麗に流れてしまうであろう。

第二話　夏越《なごし》の祓《はらえ》

一

中川一帯は、初夏になると、海風と山風が出会ってできる朝靄《あさもや》と夕霧が広がって、船の往来が危うくなることがある。

薙左と船頭の世之助が女の叫び声を聞いたのも、霧が滞ってきた夕刻だった。動けば危ないと思って、櫓を止めて岸に寄せていたとき、

「助けてえ！　殺されるう！　誰か、助けて下さい！」

という声が響いたのだ。

一町も離れていない所には川船番所がある。

ここ中川船番所は江戸に出入りする船を見張る関所である。隅田川と中川を結ぶのが小名木川で、それが交錯する北側に位置していた。浦賀の海の番所とともに、江戸百万の人々にとって重要な役目をしていた。

荒川、利根川、下総《しもうさ》川、那珂《なか》川、入間《いるま》川などによって広大な関東に肥沃《ひよく》な土地をもたらしていたが、それらの水利によって江戸への交通も栄えていた。一方、深川には十間川、竪川、大横川などの運河が開削されたことによって、無数の川船が往来していた。

だから、靄や霧で水面が見えなくなると、危険この上なかった。船頭たちは手探りをするように船を操っているのだが、そんな緊張をさらに高めるような女の叫び声だった。

「世之助さん。聞こえましたか？」

「ええ。番所とは反対の方ですね。船を返してみますか？」

「大丈夫ですか？」

「俺を誰だと思ってんです。船手奉行所にこの人ありと言われた船頭ですよ。高瀬舟から千石の弁才船《べざいせん》まで何でもござれの……」

「元は武士の船頭様でえ、ですよね」

と半ば冗談で言ったが、笑っていられるような状況ではなかった。

女の叫び声が、もう一度、起こったのと、決して晴れることのない霧の中で旋回させることは、たとえ小舟とはいえ難しい技だった。幸い風はなく、隅田川を逆流する潮の影響もないから、程なく舳先を変えたのはいいものの、先刻まで白い闇から聞こえていた声がぷっつりと途絶えたからである。

「船手奉行所だッ。どけ、どけい！」

世之助は張りのある声を轟《とどろ》かせながら先へ進んだ。船手番の船が何かの事態を受けて漕ぐときには、赤や黄の幟《のぼり》を立てて急ぐときがあるが、霧で見えなければ声を発するしかない。

だが、波の音や風の音、それに自ら漕ぐ櫓や櫂の音で人の声は聞こえにくいので、危険であることに変わりはなかった。

しかし、行けども行けども、それらしき川船は見つからなかった。次々と霧の中から現れてくる船は、江戸に物資を届けるものであり、それらはすべて船番所で荷物の検査を受けているから、人さらいなどで捕らわれた女がいれば、すぐに見つかったはずだ。

入り鉄砲に出女という言葉があるくらい、江戸から女が出て行く折には、船番所の役人たちも目を光らせている。もっとも、薙左が探している所は、船番所よりも西側にあたるから、まだ番人の検問は受けていない。あるいは、陸から聞こえた声かもしれず、薙左は目を凝らしていたが、怪しい人影を見つけ出すことはできなかった。

「妙だな……たしかに声がしたが……」

付近に停泊していた荷船の船頭たちにも、薙左は尋ねてみたが、声は聞こえたものの姿は見えなかったとしか答えない。悪戯《いたずら》とは思えぬが、

「仕方がない。諦めるか……」

と思ったとき、また「助けてえ」という女の声が起こった。今度はすぐ近くで聞こえたので、薙左はすぐさま世之助に、他の船にぶつかってもよいから声のする方へ進めろと命じた。

「無茶を言いなさる。ぶつけなくたって、これくらいのことは……」

と世之助が櫓をぐいと傾けたとき、船の横っ腹にドンと当てられた。舳先に立ったまま、薄《う》っすらと広がる霧を凝視していた薙左は均衡を崩して、海面に落ちそうになったが、なんとか踏ん張った。同じような〝ひらた船〟の舳先が現れて、ガガッと船縁を摺《す》りながら停まった。

「気をつけやがれい！」

苛ついた調子で怒声をあげた世之助に、相手の方も何かはっきりとしない言葉で怒鳴り声を返してきたが、同時に女の声も聞こえたので、

——くだんの船はこれか。

と薙左はすぐさま判断して、まるで牛若丸のようにひらりと飛び跳ねて乗り移った。

相手の船には数人の大工や左官など職人風の男たちが乗っており、鎌や匕首《あいくち》などを手にしていた。いずれも緊迫した顔で、今にも女の首根っこを掻《か》いてしまいそうな危うさがあった。

そこにいたのは、まだ十五、六歳の娘で、眉間《みけん》に皺《しわ》を寄せていたが、瞳だけは爛々と輝いていて、とても怯《おび》えているようには見えなかった。隙《すき》あらば逃げようという気丈さすら感じて、少しぷっくらとした頰《ほお》は、林檎《りんご》のように赤かった。

薙左が腰の刀に手をあてがうと、職人たちの頭目らしき男が、

「あんちゃん、余計なことはしねえ方が娘っ子のためだ」

「……話せば分かる。おまえたちは、何故、このようなことをしてるのだ」

「黙れッ。話しても分からねえから、娘をかっさらったのだ」

「かっさらった？」

薙左が揺れる船の舳先から、ゆっくり足を進めると、男たちは来るなと険しい声で制してから、さらに娘を抱き寄せた。縄で縛られている娘は思うように身動きができずにいたが、やはり気が強いのか体を揺すって抗《あらが》っていた。

「誰から、かっさらったのだ」

相手の隙を窺《うかが》いながら薙左が問いかけると、初老の頭目格の男は、まずいことを言ってしまったというように唇を嚙んだが、それ以上、余計なことは言わず、匕首を握ったまま睨み上げていた。

薙左の目から見れば、数はいるものの、男たちはいずれもどこか間抜けに見えた。決死の覚悟があるとも感じられなかった。

「余計な口出しをするな」

と男たちは粋がってはいるものの、

——成り行きで、こうなってしまった。

ようにしか見えなかった。その証をする如《ごと》く、娘が鋭く声を発した。

「私は、南町奉行所、本所方与力・平瀬《ひらせ》小十郎《こじゅうろう》の娘、美和《みわ》！　助けてくれたら、褒美は思いのままにあげます。少々の怪我をさせても構いません、この者たちを捕縛して下さいまし！」

「だ、黙れ！」

頭目格は怒鳴りつけた上で、さらに匕首を首にあてがったが、美和と名乗った娘は構わずに大声で続けた。

「この者たちは、主に本所深川一帯の橋や船着き場、番小屋、それに水路の普請《ふしん》に関わっている大工たちです。私に刃を向けているのは、猪蔵《いぞう》という深川八幡宮裏に住む大工の棟梁《とうりょう》です」

美和は度胸があるのか、賢いのか、拐《かどわ》かした者たちの名まであげつらった。

ここまで言われると、男たちも逆らうことはできまい。正体が分かった上は、下手に殺したりすれば、そのまま御用になって獄門である。もっとも、本気で殺すつもりならば、とうにやっているであろうから、薙左は目の前の緊張を解こうと努めた。

「てことは、おまえたちは、この女と顔見知りってことか。どうやら、深い訳がありそうだが、私は船手奉行所同心の早乙女薙左という者だ。悪いようにはしないから、話を聞かせて貰おうか」

と薙左が腰の刀に当てていた手を放すと、猪蔵たちは半信半疑の目で薙左を見上げたが、美和もなぜか冷静な顔つきで様子を窺っていた。

「橋梁の大工や水路普請の人足たちということは……」

薙左は一人一人の顔を確認するように眺めながら、

「本所方与力に世話になっている口ではないか。何か揉め事でもあったのか?」

「あったどころの段ではない」

と猪蔵は思わず不満をぶちまけた。

「俺たちは真面目に、本当に真面目に仕事をし続けてきた。なのに、お上は俺たちから食い扶持を取り上げた上に、新たな冥加金《みようがきん》を課すというんだ。そんなバカな話があってたまるもんかい」

冥加金というのは町人に課せられる税金だが、職人たち一人一人にかかるものではない。大工を雇う普請請負の商人や船主だの家主、地主、町名主などの、いわば〝上級町人〟が払う義務があるだけだ。

もっとも、税にかかった分は、天引きされることもあったが、微々たるもので、百姓が搾取されることに比べれば、騒ぎ立てるほどのことはない。それでも暮らし向きが苦しくなるのは事実で、病気の親兄弟を抱えていたり、長い間仕事がなければ、食べるのだってやっとのことである。

「あんたら、若いお役人には分かんねえだろうが、俺たちみてえに、その日暮らし同然の職人たちは本当に大変なんだ。江戸っ子は宵越しの金を持たねえ、なんてことを言うが、持たないんじゃねえ、持てねえんだ」

「だからといって、こんな拐かしのような真似をしていいのか？」

「うるせえ。こうでもしなきゃ、俺たちの仕事はなくなる。俺たちがどんなに辛《つら》いか、思い知らせてやるんだ」

　興奮気味に唾を飛ばして猪蔵は話すが、薙左には到底、理解できることではなかった。本所方与力一人に、橋梁の普請を減らしたりする権限があるとは思えない。その娘を拐かして、

　――仕事を増やせ。

と訴えたところで、お上が素直に承知するはずもない。世の中を騒がしたと、お縄になって、きつい裁きを受けるのがオチである。

　しかし、南町奉行所といえば、鳥居耀蔵がお奉行だけに、下層民への締めつけが厳しくなっているのはたしかだ。飯の種を奪われて、逆上した者たちが、最も身近なところで接していた役人を攻撃することはよくある。たとえば、農民が不満のはけ口として、代官を襲撃するのがそれだ。

「ああ。代官の取り立てが厳しすぎて、百姓が飢え死にする。それと同じだ」

薙左が考えたことを見抜いたかのように、猪蔵は文句を言った。

代官よりも酷い施策に怒ったがために、与力の娘の美和を拐かし、その命と引き換えに、仕事を元通りにするよう、町奉行所に交渉するつもりなのであろう。

「なるほどな……」

薙左はしばらく腕組みして思案していたが、すっと舳先に腰を下ろして、

「おまえたちの気持ちは分からぬではないな。明日をも知れぬ仕打ちをされては、とても敵《かな》わぬからなあ」

と猪蔵たちに同情したような言葉をかけると、美和は烈火のごとく赤い頬をますます紅潮させて、

「何を言ってるか分かってるの⁉　あなたも役人でしょ。こんな輩、すぐさま引っ捕らえて、処刑しなさいッ」

「そうしたいのは山々だが、こやつらとて何をしでかすか分からぬ。下手に動けば、あなたの身も危ない」

「ちょっと……」

「ここは、しばらく猪蔵たちの言うことを聞いて、霧が晴れるまで待とうではないか」

「あなたこそ、何を考えてるのッ。こんな奴らの言いなりになれっていうの⁉」

「そう自棄《やけ》を起こさずに、落ち着きましょう。相手はほら、五人もいるのだから」

と薙左は人数を言った。これは世之助に伝えるだけではなく、騒ぎに駆けつけてきていた、岸にいる川船番所の役人にさりげなく報せるためである。

何の罪もない娘を人質にしておくのは可哀想だが、美和は猪蔵たちがもてあますほど気の強そうな娘である。しかし、理由はどうであれ、与力の娘を拐かしたとなると、ただではすむまい。

「どうだ。ここは船手奉行所に預けぬか？」

「船手……に？」

「ああ。こんなことを言ってはなんだが、うちのお奉行、戸田泰全様は、南のお奉行のことが大嫌いでな」

「ええ？」

「おまえたちの言い分はよく分かる。こっちで、南町奉行所にかけあって、元の暮らしができるよう計らってやろうじゃないか」

「そんな調子のよいことを言って、本当は油断させて、俺たちを……」

「どうもしやしないよ。まあ、疑うのは無理もないから、そうだな……世之助、おまえが代わりに人質になれ」

「な、何を言い出すんで……」

一瞬、戸惑った世之助だが、

――この若同心、またぞろ何か面白いことを考えてるな。

と察して、渋々と承知するふりをした。

美和と交換することを認めさせた薙左は、

「その代わり必ず、おまえたちがきちんと食えるようにしてやるからな」

そう約束をした。

不満ながら黙って見ていた美和は、薙左という若武者に興味を抱いたのか、文句を言わずに従った。体が自由になるのが嬉しかったゆえだが、それ以上に何か不思議な魅力を薙左に感じたからである。

二

八丁堀組屋敷の平瀬の屋敷には、定町廻り同心の伊藤俊之介が岡っ引の弥七を連れて、じっと張り込んでいた。

世間は夏越《なごし》の祓《はらえ》だというのに、町方役人というものは、事件に追われて、夏を越すために邪神を払うお祓いもできないまま探索に関わっている。

夏越の祓をする人は千年の寿命を得ることができると、白い紙で作った形代《かたしろ》に名前を書いて川に流す神事である。が、八丁堀には無縁であった。

――娘が何者かに拐かされた。

という報せを伊藤が受けたのは、平瀬自身からであった。平瀬が本所方になったのは三年程前のことで、それ以前は、養生所見廻りとか牢屋見廻りとか、比較的自由にできるところにいた。自ら望んで、その職についていたのだ。

理由は、娘の美和の体が少し弱いので、いつでも組屋敷に帰ることができるようにするためである。美和は心の臓が生まれつき悪かったが、近頃はかなりよくなったので、遠く本所まで通う仕事に回されたのだ。

伊藤とは同じ南町奉行所であり、隣同士という縁で、こっそりと相談したのだ。町奉行所を挙げての探索にしたくなかったからである。その理由は、深くは語っていないが、

「もし、何かの間違いだったら、お奉行はじめ、仲間に迷惑がかかる」

という遠慮がちなものだった。

伊藤としては、筆頭同心に申し出て、それなりの対策を立てるべきだと言ったが、一度だけ、

——娘を預かった。

と書かれた文が届いただけなので、悪戯かもしれないと平瀬は判断したからだ。

「町方与力なんぞをしていると、いつ誰に恨まれるか知れたものではない。それゆえ、事を大袈裟《おおげさ》にしたくないのだ。万が一、この脅しが事実だということになれば、本当に奉行所の力を借りねばならぬが……なんとも、情けない話だ」

平瀬は娘が拐かされたのが、自分のせいであるかのように言った。しかし、伊藤は隣人だからではなく、与力が犯罪の的となったことは、お上をも恐れぬ所行であるから断固、許さじという姿勢で、事と次第では斬《き》る腹づもりであった。

それに対して平瀬は、外回りとはいえ、事務方と変わらぬ与力を長年してきたせいか、強硬策は望まぬらしく、

「乱暴なことは、決してしてはならぬぞ」

と伊藤を諭すように言った。

伊藤にしてみれば、平瀬は直接の上役ではないものの、身分は与力だから素直に聞くしかない。

「しかし……何故、誰に拐かされたか、心当たりはないのですか」

「それが、まったくないのだ」

「…………」

「私は、おぬしも知ってのとおり、ただただ愚直に目の前の仕事をこなしてきただけの男で、出世の欲がないから、同僚から妬《ねた》まれることもないし、仕事柄、誰かに逆恨みされることもまずない」

「でしょうね。私なんぞ、毎日毎日、万死に値する輩と丁々発止を繰り返していますから、何処で恨みを買っていることとやら」

「そうだな。伊藤……おぬしのように、根っから悪党を憎む奴でないと、定町廻りの同心稼業は務まらぬな」

しみじみと溜息混じりに言う平瀬の顔はやつれているように見えた。

伊藤は忸怩《じくじ》たるものを感じた。平瀬が思っているほど、勤勉に務めているわけではないからだ。

そもそも同心なんぞ、わずか三十俵二人扶持の微禄で危険な目に遭わされているのだから、まったく割に合わない。だが、長年やっていると、町場の顔役になる。黙っていても、大店や料理屋などの前に立つだけで、袖の下が入る。時には、ならず者の類から、悪さのお目こぼしをして欲しいと大枚を渡しに来ることもある。多い年になると二十数両の〝現金〟が入るから、定町廻りをやめられないのが本音なのだ。

しかし、伊藤はそんなことなど曖《おく》にも出さずに、

「私は、かような人を人とも思わぬ咎人を、どうしても許すことができませぬ。平瀬様は心優しいお人柄ゆえ、手荒な真似をするなとおっしゃるが、お上が甘い顔すれば、またぞろ与力や同心を狙ってくる輩が増えるかもしれませせぬ」

「いや、しかし……」

「分かっております。娘さんのお命が一番の大事ですから、決して、危ない真似はいたしませぬが、罪は許せぬということです」

「なんとか、うまく頼むぞ、伊藤殿」

「どうか、殿などつけないで下さい。私は私の信念に従って、同心として、娘さんを助けるまでです」

伊藤の毅然とした態度に安堵《あんど》したのか、平瀬は深々と頭を下げた。

「かたじけない」

「ですから、そのような真似は……」

と伊藤が困って頭を掻いたときである。

——コトン。

石礫《いしつぶて》が玄関戸に当たる音がした。

すぐさま、伊藤が駆け出ると、そこに人影はなく、投げ文が落ちていた。拾い上げて、表通りに出てみたが、やはり何処にも姿はなかった。

「ここは八丁堀だぞ。誰だか知らぬが、ふてえやつだ」

伊藤は投げ文を平瀬の前で広げて読むと、

『可愛い一人娘の命が惜しければ、鎧《よろい》河岸の祠《ほこら》に、今宵子《こよいね》の刻、与力様おひとりでお参り下さい。もし手下を連れて来たら、その場で娘さんを殺します』

と丁寧な文字で書かれてあった。子の刻とは真夜中の九つ（十二時）のことである。平瀬は怒りに震えながら、その文を凝視していたが、

「これは、どうしても……私ひとりで行かねばなるまいな」

覚悟を決め、床の間に置いてあった刀に手を伸ばした。その手を止めて、

「私が代わりに行きましょう」

そう伊藤が申し出たが、平瀬は首を振って、

「いや。相手は私の顔を知っているに違いない。下手におぬしが動くと相手に気取《けど》られて、この文に書かれているとおりに……」

「分かりました。では、決して気づかれぬよう、私と弥七二人だけで、こっそりと張り込んでおきましょう」

「しかし……」

「分かっております。下手人を捕らえることよりも、まずは娘さんが大事。こんな事件は私は幾つも扱ったことがあります。娘さんは必ずお助けいたしますよ」

伊藤の力強い言葉に、平瀬は安堵するのだった。

三

鎧河岸は、日本橋川沿いにある。

単身、平瀬が向かう姿は、悲しみに打ちひしがれて、背中が曲がって見えた。

いかにも気弱そうな役人で、真面目だけが取り柄の男が、なぜこのような目に遭わなければならないのか。尾《つ》けている伊藤ですら、同情するほどであった。

「可哀想にな……平瀬様のような人が、あまりにも理不尽な……」

「嘘でしょ、伊藤様……」

弥七は疑わしい目で見やって、十手の先で耳の後ろを掻きながら呟《つぶや》いた。

「何が嘘だ」

「伊藤様が人に情けをかけるってことがですよ。幾らお隣さんでも、旦那様らしくねえ」

「おいおい。人を鬼畜生のように言うな」

「でも、そうじゃないですか。あっしは旦那から十手を預かって十年近くになりやすが、人を人とも思わぬところが大好きでやした」

　立ち止まってキッと振り返る伊藤から、一歩離れると、

「おっと、誤解しないで下せえよ。あっしが元はならず者の類だったから、そう思ってるんじゃありやせん。旦那は常々、御用に情けはいらぬ。情けをかけりゃ、真《まこと》が見えぬ。そうおっしゃってるじゃありやせんか。その言葉がズシンと胸に響いてんでさ」

「…………」

「それとも、旦那も拐かしだけは、どうでも許せねえですかねえ。ご自身のご子息も、あんな目に遭いましたから……」

「黙れ。余計なことを言うな」

　不機嫌に吐き出すように言うと、数間離れた平瀬を再び尾けはじめた。

「あい、済みません……」

　悪いことを言ったという顔で、弥七も後から付いて行った。

　指示された鎧河岸には猫の子一匹いない。昼間はそれこそ川船が押し寄せていて、人足たちが溢れんばかりの荷を上げ下ろししているが、月もない寂しい河岸には、平瀬の持つ提灯《ちょうちん》

だけが、やけに明るく浮かんでいた。

祠の前に立って、提灯を掲げながら、辺りを見回している平瀬は不安な顔を隠せなかった。潮風が粘つくように体を包んだ。

すると、祠の陰から、微《かす》かな声がした。

「提灯を消せ」

「え……?」

「すぐ提灯を消せ」

平瀬は一瞬ためらったが、相手の言うとおりにしないと娘がどんな目に遭うか分からないので、素直に従った。

真っ暗になった。

川の波音だけが耳に聞こえるが、心地よさを楽しむ余裕はない。提灯が消えたことで、伊藤の目からも、平瀬の姿はすっかり見えなくなったことであろう。

相手は姿を現さず、祠の陰から、ささやくように続けた。

「よいか、平瀬。ここに、深川の橋梁や護岸普請について、元に戻すよう嘆願書がある。これに、おまえも連署しろ。こっちで預かって町奉行に届ける」

「なんと……」

「その後、おまえが一生懸命働きかけて、深川の大工や人足たちの仕事を元に戻すよう頑張るのだ。よいな」

と祠の陰から、そっと平瀬の袖口に文が差し出された。平瀬は仕方なく、それを受け取ったが、真っ暗だから何もすることはできなかった。

「ほら、ここに矢立がある。じっと目を凝らせば、闇なんぞすぐ慣れる……書け……それさえあれば、あんたは深川の人々を助ける本所方として語り継がれるに違いない。役人たるもの、庶民をいびるのが本分ではあるまい」

「…………」

「あんたは人一倍真面目な与力だと聞いている。本当は、町人の人たちのことが気になってしょうがないのであろう？」

「…………」

「なあ。尾けてきている伊藤とは、人間が違う。あんたが後押しすれば、少なくとも、大工たちが路頭に迷わなくて済む。どうだ、人助けだと思って、書いてやれ」

平瀬は黙って聞いていたが、喉の奥がくっくと鳴った。闇の中ゆえ、はっきりと顔は見えなかったが、伊藤の前とは少しばかり違った凶悪な表情に変わっていた。

「そういうことか……」

平瀬は鼻先で笑うと、下手人が誰であるかハッキリと分かった口調で、

「こんなやり方をするとは、益々もって、承知するわけにはいかぬな」

「娘がどうなってもよいのか」

「おまえたちには、娘は殺せぬ……そんなことをやってみろ。私がこの手で、おまえたちの親兄弟、息子や娘まで皆殺しにしてやるッ」

「なんだと？」

「こんな脅しが通じると思うな。私の娘とて武士の子。おまえたち如き、不逞《ふてい》の輩に屈する娘ではない。覚悟はできておろう」

「よいのか、殺されても」

「美和も貴様らごときに拐かされて、生き恥は晒《さら》したくないだろう」

たとえ、自分の娘を犠牲にしてでも、御政道を守るのが与力の務めと、そう平瀬が言ったのと同時に、何処に潜んでいたのか、数人の浪人が闇の中から現れて、バラバラッと刀を抜いた。

「そこだッ！　祠の裏だ！　斬れい！」

平瀬の声が闇に轟くなり、浪人たちは祠を取り囲むようにして、切っ先を突きつけた。途端、そこから姿を現したのは、薙左であった。

「待て待て。おい、これはどういうことだ」

薙左が諸手をあげて制すると、浪人たちは一寸の無駄もない動きで、斬りかかってきた。シュッと袖を切り裂かれたが、薙左は必死に転がりながら、浪人たちの輪を抜け出して、船着き場の方へ駆け出した。

「追え、追え！」

言われるままに、薙左の後を追う浪人たちの姿を闇の中に認めた伊藤も、思わず弥七に声をかけて駆け出した。

船着き場近くに来たとき、ビシッと一本の矢が飛来した。予《あらかじ》め何処かから狙っていたのであろう。運良く肩口を掠《かす》めただけだが、薙左は思わず立ち止まった。

「動くな！　次は心の臓を射貫《いぬ》くぞ！」

そう怒鳴られて、薙左は逆に大声を放った。密かに平瀬が雇っていた浪人たちのことを非難した上で、

「平瀬！　娘を見殺しにするつもりか！　それが父親のすることか！」

だが、平瀬は構わず、さっきまでの気弱そうな姿が嘘のように変貌して、

「構わぬ。娘を返さぬのなら、おまえを殺すまで！　さあ、娘は何処だ！　言え！　言わぬと、矢を放つぞ！」

と鬼のような形相で叫んだ。

「待て、待てえ！」

伊藤が駆けつけて来て、船着き場の小舟の前で身動きできないでいる薙左の姿に、あっと息を呑んだ。

「おまえは……！」

弥七が火を入れた提灯を突きつけて、

「どういうことだ。おまえが拐かしをしていたのか⁉」

と伊藤が問いかけたので、平瀬は不思議そうな顔になって、

「伊藤……知っておるのか……」

「こやつは、船手奉行所の同心で、早乙女薙左という者です」

「船手奉行所……」

平瀬は思いも寄らぬ奴の出現に少し戸惑ったように目を伏せた。わずかだが目が泳いだのを、薙左は見逃さなかった。

「……何か不都合でも？　平瀬様」

「不都合？　ふざけるなッ」

と怒りを露わにして、自らも刀を抜き払い、

「娘はどこだッ。何故、おまえが娘にかような真似を⁉」

と怒鳴るのに続けて伊藤が口を出す。

「さよう。何を考えているか分からぬが、見捨てておけぬな。奉行所まで来て貰おうか。それとも、この場で斬り捨てられるか」

薙左は言い訳もせずに立ち尽くしていると、平瀬は怒りが収まらず、

「ええい、面倒だ。伊藤、こんな輩は斬って棄てぃッ」

と声を張り上げると、さしもの伊藤もそれには躊躇《ちゅうちょ》して、

「こやつを捕らえて、娘さんの居所と、仲間を吐かせれば済む話。さあ、刀を引いて下され。さあ、どうか」

「黙れ、伊藤ッ。貴様は、この不逞の輩に与《くみ》するというのか」

「とんでもありませぬ。もはや袋の鼠。しかも素性も分かっておりますれば」

二人がそんなやりとりをしている一瞬の隙に、薙左はひらりと小舟に乗り移り、あっという間に離岸した。その薙左に、ビュンと勢いよく矢が飛んで来たが、わずかに外れて、真っ黒な海面に落ちた。

「待て、貴様ア！」

あっという間に、夜の闇に消えてしまった薙左の小舟の櫓音だけが響いていた。

「伊藤！　なぜ邪魔をしたッ。あやつを殺せば済む話だ！　捕らえるなどと、面倒なことをせずとも！　武門の意地にかけて！」

「お待ち下さい、平瀬様」

と伊藤は、今にも川に飛び込んで追いかけそうな平瀬を懸命に止めた。

「相手が誰か分かった上は、話し合いで片がつきます。ええ、必ず、そうします」

「さようなことが通用するか」

「乱暴はなりませぬ。それこそ、相手の思うツボ。娘さんの命が……」

「黙れ、黙れ！　おまえに何が分かる！」

平瀬がさらに刀を振り上げて暴れそうになったとき、伊藤はその腕をぐいっと極《き》めて、

「分かりますッ……私の息子も、同じような目に遭って、死にましたからな」

「…………」

「私に逆恨みした者が拐かし……武門の意地とやらで……犠牲にしてしまいました」

伊藤の目はカッと見開いて、赤く滲《にじ》んでいた。

それを凝視した平瀬の腕から、急に力が抜けて、ゆっくりと刀を下ろした。

「平瀬様……ここは我慢の一手です……浪人たちを使ったりしたのは、実にまずかった……

私には……あの早乙女が本当の下手人かどうか疑わしいと思いますが……とにかく、ここは

ひとまず、ひとまず……」

穏やかに言い含める伊藤に、平瀬はやむを得ないと感じたのであろう。静かに目を閉じて頷いた。

四

船手奉行所は鉄砲洲稲荷のそばにあったが、今日は江戸湾からの荒々しい海風にともなって、南町奉行所筆頭同心・片山芳兵衛《かたやまよしべえ》が、数十人の捕方を引き連れて捕物姿で押し寄せて来ていた。もちろん、伊藤や弥七も控えている。

昨夜の拐かしの件につき、薙左を引き渡せと談判に来ているのだ。

朱門の前では、船手番与力の加治周次郎と同心の鮫島拓兵衛が毅然と対峙《たいじ》していたが、片山は一歩も引かず、険しい口調で、

「何度も申したとおり、失礼だが、与力や同心では話になりませぬ。お奉行の戸田様を出していただきましょう」

「あんただって、同心じゃねえか」

鮫島が敵意を剝《む》き出しに言っても、片山は平然と、

「戸田様にお目通り願いたい。こちらは……」

　と書状を突きつけて、

「鳥居奉行直々の使者として参ったのでござる。それとも、まだ出仕されていないのでございますかな？」

　そう言われて、加治は困ってしまった。実は、昨日、戸田は旧友とどこぞの料亭で飲んでいたとかで、まだ船手奉行所に出て来ていない。昼過ぎても姿を現さないので、心底、困っていたのだが、二日酔いで寝ているとも言えまい。

「お奉行は、所用によって、今日は出て来ておりませぬ。用件なら私が聞きます。それとも、与力の私では不服ですかな？」

　堂々とした加治の態度に、片山は一瞬、気後れしたが、

「先程も申したように、船手同心の早乙女薙左なる者が、深川の大工や護岸普請の人足と一緒になって、事もあろうに南町本所方与力の平瀬小十郎が娘、美和を拐かした。そのことにつき、お奉行が直々に吟味するゆえ、身柄をお引き渡し願いたい」

「薙左ならば……実は、ある事件の探索のために、深川一帯に潜伏させております。拐かしなどと、さようなことをするはずがありませぬ」

「ある事件とは？」

「それは……」

極秘の探索だから言えないと、キッパリと断った。

実は、抜け荷の事件があり、その隠れ家が小名木川沿いにある蔵屋敷のどこかだと思われる節があったので、世之助とともに探らせていたのだ。たしかに、この二、三日、報せが滞っているが、大がかりな〝潜入〟の調べをする折には、それこそ半年くらいは行方知れずになることもある。殊に、世之助はそういう探索のために船頭になっていた。

「ほう。こっちは手の内をすべて明かして、調べをしようとしているのに、船手はあくまでも隠すと言うか。これでは、早乙女なる同心の悪事を庇っていると思われても仕方がありますまい」

「決して……」

「ならば、直《ただ》ちに呼び戻して、南町に預けられよ。早乙女が、平瀬を呼び出して、何やら脅迫をしたことは、うちの同心、伊藤も見ておるのですぞ」

物腰は丁寧であるが、何がなんでも薙左を差し出さなければ、南町奉行所と船手奉行所の〝戦〟になるぞ、とでも言いたげである。

「さよう。私がこの目で見ました」

ずいと出た伊藤は、加治を睨みつけるように目を細めて、薙左の姿を見たこと、咎めると小舟に飛び乗って逃げたことなどを話した。

「で、拐かしたとして、要求は何だったのですかな？」

加治が問い返すと、伊藤はすぐさま口元を歪めて答えた。

「そのようなことは、あなた方に言う必要はない。何の罪もない娘を拐かしたというだけで、重い罪なのだッ」

「それはおかしな話だ。今、片山殿は、脅したと言ったばかりだ。目当ては金ですか。それとも他に何かが？」

「金ではない」

と口を挟んだのは片山だった。

「伊藤から聞いた話、平瀬様にお尋ねした話では、本所深川界隈《かいわい》の橋梁の普請の数を増やせという、理不尽なものだ」

「橋梁の……？」

「つまり、大工たちが自分の仕事欲しさのために、本所方の平瀬様に対して、脅しをかけたという顚末。かようなことが罷り通るわけがありますまい」

薙左がそのようなことをしたとは、加治には俄には信じられなかったが、もしそれが事実なら、切腹ものである。

しかし、ここで、はいそうですかと、身柄を渡すわけにはいかぬ。南町与力を脅した事件とはいえ、浪人ならまだしも、仮にも公儀役人がなしたこととなれば、南町奉行所ではなく評定所預かりとなるのが筋である。

「そうではござらぬか、片山殿」

と加治は理屈を通そうとしたが、それがかえって、片山の胸をチクリとついたようで、顔つきが豹変《ひょうへん》して、

「加治様……あなたと押し問答をする暇などありませぬ。早乙女薙左、出すのか出さぬのか！　はっきりしていただきましょう！」

「…………」

「お奉行もいないわ、下手人は庇うわ、なるほど、クソ役人の〝吹き溜まり〟と罵《ののし》られても仕方ありませぬな」

「なんだと、このやろう」

鮫島がカチンときて摑みかかろうとすると、伊藤が素早く出て来て抑えようとしたが、その腕を摑んで、柔術で投げ倒してしまった。次の瞬間、捕方たちがワッと鮫島に躍りかかったが、小野派一刀流の鮫島に敵うわけはない。鞘ごと抜いた刀で、次々と倒してゆく鮫島を、加治はしばらく眺めていたが、

「おいおい。サメさん、これ以上、難儀なことはしないでくれ」

と声をかけた。捕方たちが、あっという間に地面に倒れ伏しているので、片山も固唾《かたず》を呑んで立ち尽くしていたが、

「あくまでも逆らうというならば、この場にて決闘を……」

「バカを言いなさんな」

加治は落ち着くように制してから、

「私はその大工たちの味方をするわけではないが、隅田川からの土砂が掘割などに流れているのは事実。なんとかしなければ、川船にも差し障りがある」

「…………」

「船手としてもかねてから、川が運んで来る土砂によって河床《かしょう》が変形することを懸念しておったのだ。このことを、人足や大工は心配しているのだと思う。公儀が普請を減らせば、川底を流れる掃流砂、浮いたり沈んだりして流れる浮遊砂などのために、橋桁《はしげた》や桟橋も傷んでくる」

「さような話……」

「関わりあるのです。ですから、仮に薙左が、そのような不埒《ふらち》な行いをしたとしても、裏に何か思惑があるに違いない。それをまず調べてやるのが、役人としての情けではありませぬ

か？」

「仲間を庇い立てするか」

「そりゃ、当たり前だ。仲間を信じていればこそだ。あんたは信じぬというのか？」

「…………」

「その代わり、早乙女が、信頼している俺たちを裏切るようなことをしていれば、是非もない。うちの奉行が切腹させよう。それが、武士の相身互いというものではないか？」

「ふん。海や川に武士道があってなるものか」

そうは言うものの、これ以上、議論を重ねても仕方ないと思ったのであろう。

「そなたらが差し出さぬなら、こっちが自らの手で捕らえるまで」

片山は自信たっぷりに断じると、捕方たちに引き上げるよう命じた。伊藤と弥七も苦虫を嚙み潰したように、加治と鮫島を睨みつけていたが、無言のまま立ち去った。

「――えらいことになっちまったな」

と鮫島がぼやくように言った。

「そうだな……あのバカ。何処で何をしてやがるんだ。世之助までついていながら」

加治も呆れ果てて、深い溜息をつくしかなかった。

五

越前堀河岸の一角に、船手奉行所の土蔵があって、そこで次なる策を練っていた薙左と美和のところに、ぶらりと着流しの鮫島が入って来た。

一瞬、目を疑った薙左だが、美和は一体誰かと驚いて、思わず身構えた。

「鮫さん⁉」

「やはり、ここか……」

この土蔵は、船手奉行所が扱った抜け荷事件の証拠品を保管しておくところだが、それはまた表向きのことで、何らかの危険があれば隠れたり、逆に下手人を捕らえて拷問したり、あるいは探索のために秘密の寄合を開く所であった。

このような蔵や小屋は、江戸市中を縦横に走る河川沿いに幾つもあるが、この土蔵は武家地でもあるため、町奉行と一線を画することができるので、船手の砦《とりで》と言ってもよかった。

海や川の犯罪者たちには、『越前堀送り』というのが、小伝馬町牢屋敷送りよりも怖《こわ》い言葉で、自身番などではありえない、厳しい拷問が待っていたからである。よほどのことがなければ拷問をしないが、海や川で凶悪な事件を犯した者たちは、そのまま遠くへ逃げる可能

性が高いので、

――捕らえたらすぐに吐かせる。

というのが原則だった。

町方は、石抱かせ、海老吊りなどは独自でできるが、それ以上の残酷な拷問は老中の許可を得なければならない。だが、船手奉行所においては、海の沖合などで事件を起こして緊急のときも多いゆえ、船手奉行の独断で厳しいことをしても許された。だから、『越前堀送り』だけは嫌がったのである。

それにしても、拐かした娘を連れ込むとは、いい度胸をしてやがる、と鮫島は薙左をからかってから、

「さあ。なんで、こんなことをしたのか、有《あ》り体《てい》に話せ」

「え、ええ……」

「カジ助はおまえのことを南町から守ったのだ。いい加減な理由じゃ許さねえぞ。庇ったこっちの首も飛ぶからな」

「はい……」

と困っていると、美和が申し訳ありませんでしたと深々と頭を下げて、自分が説明をすると切り出した。

猪蔵たちに拐かされたのは本当である。

その狙いが、幕府が一方的に断ち切った仕事を復活させて貰いたいと嘆願するためだということも事実である。しかし、その事情を知らなかった美和はただただ怖くて、助けを求めた。すると、たまさか通りかかった薙左が助けたのである。

ところが、薙左の方はその場で、

——拐かしをした大工や人足たちにも三分の理がある。

と判断をして、少なくとも橋梁や溝浚《どぶさら》いなどの普請は河川のためになるから、実施を続けて貰いたいとの言質《げんち》を取るために、美和に一枚嚙んで貰って、平瀬に脅しをかけたのである。

「与力一人から言質を取ったところで、公儀が動くとは思えぬが？」

「そんなことはありません」

美和は自信満々の顔で、鮫島に向かった。

「私の父は、たかが百二十俵取りの御家人で、町方与力ですが、実は……」

と一瞬、言い澱んだが、きちんと話しはじめた。これはまだ、薙左にも話していないことだった。

「実は、ああ見えて、根来《ねごろ》者でして。御家は代々、紀州徳川家に仕えておりました」

「紀州家に……」

「はい。吉宗公が将軍職に就かれたときに、一緒に江戸に来た者でございます。お察しのとおり、祖父も、祖々父も御庭番として仕えておりました。ですから、父も町方で見廻りをしているのは、本来の務めの他に、密命もあると思われます」

「密命……」

「はい。主に幕府へ弓引く不穏な輩を摘発するのが使命です。でも、この泰平の世に、倒幕を考える輩がいるとは思えませぬ。父はただただ、毎日を過ごせばよいという人でしたが……近頃、少しだけ変わったのです」

薙左はどういうことだと聞き返した。美和は申し訳なさそうに頭を下げてから、

「実は、そのことを確かめたくて、早乙女さんの話に乗ったのです」

「お父上は何か悪いことをしているとでも？」

「かもしれません……母を亡くしてから、父は男手ひとつで私を育ててくれました。体が悪かった私のために、おそらく嫌な仕事もしたと思います」

「嫌な仕事……」

「はい。かようなことを言ってよいのかどうか迷いますが……薙左さんを信じて話してしまいますね」

と美和は寂しそうな笑みを浮かべた。それが菖蒲《しょうぶ》の花柄の着物に似合っていて、少しばか

り潰れた島田にささっている簪と同じ色合いで、若い娘らしく恥じらっているようにも感じられた。

「もしかしたら、父はまだそんな仕事に手を染めているのかもしれません」

「そんな仕事とは？」

「あ、はい……」

もう一度、ためらったが、意を決したように美和は続けた。

「御庭番は上様を守るために御側《おそば》に仕えております。ですから、上様に弓引くと思われる輩は、密かに始末をしておりました」

「なんと……！」

薙左は、娘を犠牲にしてでも、公儀役人を陥れようとする者は斬るとばかりに、浪人まで密かに用意していたのかと思った。

「ですから、私に万が一のことがあっても、悲しむことはないと思います」

「そんなことはないだろうが……」

「いいえ。そういう人なのです」

と美和は悲しいくらい遠い目になって、

「母のときもそうでした……母も、父の使命を承知していたはずですが、最後の最後まで信じていたのに……父に殺されたようなものです」

美和の母親のお信《のぶ》は、賊に入られ人質に取られたことがある。平瀬が探索していた藩の密偵の仕業だった。だが、平瀬は、お信が殺されるのを承知の上で、強引に踏み込んで、賊を斬り殺した。

お信は怪我ひとつしなかった。夫がそのような行動に出ることは承知していたものの、情けひとつ見せなかったことで、夫婦の間には小さな溝ができ、お信からは笑みが消えた。

――自分は夫にとって邪魔な人間でしかない。

と思うようになった。そして流行病にかかったのが原因で、蠟燭の炎が消えるように死んでしまった。

「だからといって、母は父を恨んだりしていないと思います。ただ、幸せではなかった……そんな気がするのです」

人間の宿命と言えばそれまでだが、あまりにも理不尽な気がすると薙左は思った。

鮫島の方は冷ややかに聞いていた。

「だから……？」

「え？」

きょとんと見る薙左に、鮫島は眉間に皺を寄せて訊いた。

「だから、なんだと言うのだ？　平瀬様を困らせて、それで何が解決するのだ。薙左……おまえは時に、無謀に突っ走ることがあるが、理由はどうであれ、おまえがやったことは、拐かしの手伝いに他ならねえ。いや、手伝いどころか頭目だな」

「サメさん。私は……」

「言い訳をするなら、奉行所に戻ってからにしろ。この娘を、家に帰してな」

「…………」

「大工たちの気持ちは分からんでもないが、娘をダシにするのは、おまえらしくないし、いかにもズルい。そうは思わぬか」

「はい。でも……」

「でも、なんだ」

「いつも、サメさんは言っているではないですか」

「何をだ」

「敵を欺くためには、まず味方を、と」

「欺く？」

　と鮫島は首を傾《かし》げながら、薙左をじっくりと見た。その顔は、どこか自信に溢れており、美和もすべて承知しているような口ぶりだった。

「どういうことだ。きちんと話してみろ」

「はい。私も、美和さんが父親に対して不信を抱いていたことは、今、知りましたが、もっと別の意味で疑っていることがあるのではないかと思っておりました」

「美和さんが、平瀬様を？」

「そうでしょう？　美和さん」

薙左にふられたので、美和はこくりと頷いて、

「何かは分かりませんが、父は悪いことをしている気がするのです」

「悪いことを、な」

「とにかく、近頃は、お勤めに出ても、奉行所へ立ち寄るのはそこそこに、怪しい連中とばかり会っているのです。ええ、私も何度か尾けたことがあるのですが、決して、秘密の探索なんかではありません」

「どうして、そんなことが分かる」

鮫島は隠密探索ならば、普段と違う姿で、変わった所行をするのは当然だという。

「いいえ。私は聞いてしまったのです……父は、それこそ公儀を裏切る行いをしていることを。それは……抜け荷を手伝っているということです」

「抜け荷……」

「薙左さんも、船手奉行の命令で、探索をなさっていたのでしょう？」

「………」

「もちろん、私の父がその一味とは知らなかったでしょうが……父が薙左さんを、鎧河岸で斬り殺そうとしたときに確信を持ちました」

「ん？」

「薙左さんが、船手同心だと分かったからです」

「分かった……」

「はい。父は前々から、船手奉行所の方たちが、密かに探っていたことを承知していた。もちろん、鮫島さんや薙左さんの顔は予め知っていたのでしょう。ですから、薙左さんが現れたとき、ピンときたに違いありません。ですから、これ幸いと拐かしの下手人として、殺そうと思ったのです」

「随分と乱暴な話だが、もし、そうだとしたら……」

鮫島は疑念を抱きながらも、深い溜息をついて唸《うな》った。

「船手奉行所まで、南町の筆頭同心が押しかけてきたのは、どうでも薙左を拐かしの咎で捕らえたいという平瀬様の執念というわけか。もし薙左が咎人になれば、抜け荷の一件は立ち消えになるやもしれぬからな」

「おそらく、そうだと思います」

美和は確信に満ちた表情で頷いたが、鮫島は訝しげに自分の顎《あご》を撫《な》でながら、

「……あんた。どうして、そこまで父親のことを調べたりしたんだ？　もしかして、拐かし騒ぎも、父親に世間の目を向けるために仕組んだんじゃあるまいな」

薙左が通りかかったのはたまさかのことかもしれぬが、父親に酷い目に遭わされた大工たちに同情して、騒ぎを仕組んだのではないかと、鮫島は勘繰ったのだ。

「え……」

わずかに動揺する美和だが、そうではありませんとキッパリ否定した。

六

鮫島の懸念が真実味を帯びるのは、大工の猪蔵が伊藤に捕縛されてからだった。拐かしがあった船で、猪蔵が騒いでいたのを、霧の中にもかかわらず、顔見知りの船頭が見ていたのである。後になって、自身番に届けたのがキッカケだった。

すぐさま大番屋に連れて来られた猪蔵は、筆頭同心の片山に尋問を受けた。大番屋は江戸市中に六カ所しかない。いわば、奉行所で行われるお白洲《しらす》の予審をする所であり、筆頭同心

の審問を受けて後、さらに吟味方与力に調べられ、疑いが深まれば奉行所にて再度、吟味される。

座らされるお白洲は、大番屋といえども砂利であり、まさに針の筵《むしろ》同然の痛みがあった。しかも、誰も助けてくれる者はいない。周りはみな、奉行所の役人や自身番の番人ばかりだから、気弱になって当然である。

しかも、これ見よがしに、刺股《さすまた》や突棒《つくぼう》などがあって、今にも処刑されそうな雰囲気を醸し出している。不慣れな者たちには、恐怖以外のなにものでもなかった。

「正直に申せば、すぐに解きはなってやると言っておるではないか。おまえは一体、何故、美和……与力の平瀬様の娘を拐かしたりしたのだ？」

「………」

「儂《わし》でなくとも、誰であろうと不思議に思うに違いあるまい。さようなことをして、何の利があるのかと」

「恐れながら、拐かしなど、しておりませぬ」

「惚《とぼ》けずともよい。大方、調べはついておる」

と片山は、伊藤が探索してきたことを滔々《とうとう》と述べた。

「よいか？　おまえは、平瀬様からなにかと世話になっていたはずだ。大工の棟梁は色々おるが、目をかけて貰っていたではないか」

「…………」

「たしかに、橋の普請が減ったことは事実だが、それとて平瀬様のせいではない。にもかかわらず、仕事を寄越せと言うのは、まったくもって理不尽……他に狙いがあった。そうであろう？」

「本当です。あっしは何もしてません」

「では、おまえを見たという船頭が、嘘をついていると申すのか？」

「……はい」

「ならば、お白洲に引っ張り出して証言を得るまでだ。その船頭は、おまえと仲間数人で、美和殿を拐かしたのを見たこと、堂々と話すと申し出ておるゆえな」

「…………」

「それとも、誰か庇っているのか？」

「いいえ」

「美和殿を拐かしたのは、おまえたちの仕業であることは明白。おとなしく、その行方を喋《しゃべ》らないと、女房や子供も大変なことになるぞ」

　明らかに脅しにかかっているが、猪蔵としては、話すに話せなかった。十五、六歳の娘が何故に、父親を陥れたかったかは知らない。ただ、小さな頃から、猪蔵たちの普請場に、握り飯やら団子などをよく持って来ては、何が楽しいのか、ずっと見ていたのだ。

もちろん、最初に連れて来たのは平瀬自身である。母親が死んでふさぎ込んでいる娘を、少しでも明るく活気のある所へ出したかったのであろう。猪蔵たちは、そのことを理解して、暇なときには、家に連れて帰って、自分の子供たちと一緒に遊ばせたりしたこともある。

「何か、知っておるな？」

片山はジロリと鋭い目で問い直した。

「い、いいえ……あっしらは、ただ……」

「ただ、何だ」

「いえ。何もしてません、本当です」

「なかなかしぶとい奴よのう。そんなに我を通して、何の得があるというのだ」

それでも、黙っている猪蔵を、片山は急に怒鳴りつけた。びくっとなったところへ、伊藤に命じた。

「構わぬ。面倒だから、石を抱かせろ」

「だ、旦那……それは勘弁して下せえ……本当にあっしは……」

片山は冷ややかに笑うと、情けに流されることなく、番人が二人がかりで運んできた石を正座している猪蔵の膝《ひざ》の上に置こうとした。本来ならば、三角の杭のような板間の上に座らせてやるのだが、それでは向こう臑《ずね》がすぐに折れてしまう。だから、砂利の上でするというのだが、痛いのは同じことだ。考えるだけでもゾッとした。

「………」

それでも、じっと我慢をしている猪蔵は目を閉じて、奥歯を嚙みしめた。片山の目配せを受けて、番人たちは掛け声をかけて、石を置いた。重さは十貫目から、徐々に増やしてゆく。

だが、最初の十貫目だけで、子供の重さくらいあるから、もうたまらない。猪蔵は悲鳴にもならない情けない声で、

「や……やりました……やりました……お願いです……た、助けて……」

と白状した。かような手段を使えば、ふつうの人間ならば、何もしていなくとも、「やった」と言うかもしれない。

片山と伊藤は、したり顔になって、頷き合った。

「初めから正直に申せば、痛い思いをせずに済んだものを」

吐き捨てるように言ってから、片山はすぐさま調べ書きを取りはじめた。奉行に見せる言《ごん》上《じょう》帳《ちょう》も一緒に仕上げるため、夜を徹しての作業であった。

翌未明――。

片山は組屋敷に戻っていたが、伊藤はまだ真っ赤な目を開けたまま、うつらうつら眠りそうになる猪蔵を木刀で叩いていた。

「寝るなッ。美和を何処に隠した。言わねば、また石を抱かせるぞ」

「ほ、本当に……知らねえんです……」

「ならば、仲間は誰だ。一緒にいた他の仲間だ」

「あ、あっしがひとりでやったことです」

「まだ、そんなことを言うのか、この愚か者めが！」

激しく背中を叩かれたが、猪蔵には痛みよりも眠気の方が勝っていた。がっくりと項垂れて、前のめりに倒れたとき、

――ガラッ。

と音がして扉が開くと、加治が入って来た。

「これは何の真似だ、伊藤」

たとえ与力でも、他の役所の同心を呼び捨てにはしない。だが、腹に据えかねているのであろう、加治は縛られている猪蔵の縄を解《ほど》こうとした。

「加治様。さようなことをされては、後で面倒が起きますぞ」

「このような振る舞い、誰が命じたのだ」

「拷問のことなら、船手の方が一枚も二枚も上のはずですが？」

「猪蔵は俺が連れて帰る。よいな」

「なりませぬ」

「控えろ、伊藤。そもそも、此度の事件は、小名木川で起こったこと。町方が出る幕でないことは明白。船手に任せて貰おう」

「なんですと……！」

「いつも面倒なことは、船手に押しつけながら、自分たちに都合の悪いことがバレそうになると、町方で調べようとする。一体、それはどなたの指示だ？」

鳥居奉行の名を出さずとも、伊藤は承知している。

船手奉行所が、抜け荷の探索をしていたことを知っていた南町奉行所としては、

──平瀬がそれに関わっていた。

ということが明らかになれば、まずいと踏んで、先手回しで証拠を固めて、処分するつもりかもしれぬ。加治はそう推察して、すぐにでも、猪蔵を助けねばなるまいと判断したのだ。

「よいな。船手で調べるゆえ、連れ帰るぞ」

加治はよろよろになっている猪蔵を抱きかかえると、同行して来た船手中間に、丁重に運ぶよう命じた。悔しげに唇を噛んで見ていた伊藤は、

「しかし、加治様……どうして、猪蔵がここにいることを？」

「知ったかと？　ふん。簡単なことだ」

「…………」

「猪蔵の女房が、亭主がおまえに連れ去られたまま帰らない、泣きの涙で助けてくれと、船手奉行所まで訪ねてきたんだよ」

怒りを込めた中にも淡々と語ると、加治は二度と猪蔵に近づくなと念を押して、大番屋を後にした。

表に出ると、世之助が待っていた。

実は、加治に報せに走ったのは、世之助である。もちろん、猪蔵の女房や子供は心配していたが、下手に動くと伊藤に何をされるか分からないので留めておき、大番屋まで覗きに来た世之助が、悲惨な状況を見るや、

——すわッ。これは一大事だ。

と船手奉行所へ急いだのであった。

七

その日のうちに、猪蔵は解き放たれた。もちろん、加治にすべてを正直に話してからのことである。

本来ならば、奉行の戸田が直々に取り調べるところだが、今日も出仕していない。当然、加治は居場所は知っているから、安心しているが、自ら〝潜入〟して探索するのは、勘弁して貰いたいというのが本音だった。

だが、文句を言えば、

「なんで、奉行が動いちゃいけねえんだ。隗《かい》より始めよと言うだろうが」

などと、トドのような体を揺すりながら濁声で適当な言い訳をするに違いない。

「加治様……あの早乙女という若い同心は、叱らないで下さいやしね」

「なぜだ？」

「本当に真剣に、あっしらの仕事のことを考えてくれたんですよ。だから、本当は、直にお奉行に訴え出てやると話してたんですが、あの……あの美和ちゃんが……」

「美和さんが？」

「どうしても、平瀬さんを脅して欲しいと、必死に頼んだからなんです」

「脅して欲しいと……」

奇異な訴えに薙左は戸惑ったらしいが、美和の狙いを聞いて納得したという。

「平瀬様……お父上がどれだけ自分のことを思っているか、その情愛を知りたいというのが、美和ちゃんの願いでした」

「どうして、そんな……」

「あっしには詳しくは分かりません。ただ、早乙女の旦那は、あっしらが罪にならないように配慮して、拐かしの真似事をしたんですよ」

「真似事とは言えぬな。冗談でも、してはならないことだ」

加治は陰鬱《いんうつ》な目になって、ほとほと疲れたように、

「南町の片山に言われるまでもなく、下手をすれば切腹だ。奴はそのことを自覚していないところが、バカなのだ」

「でも、あのままでは、あっしらが咎人にされていたかもしれません」

「しかしな……」

「お願いでございます。あの人は……何も悪いことはしていません。その証に、美和ちゃんは泣いてました……早乙女さんを殺そうとしたことを……」

「猪蔵……」

「お願いです。どうか、どうか、あの若い同心の旦那を責めないで下せえ……いつも、あっしらが暮らす川辺のことも気にしてよ……毎日のように見廻りに来てくれてたとは、知らなかった……ああ、若いのに立派な同心だ」

徳川家康が江戸に入ったころは、まだ江戸城のすぐ南東は日比谷の入り江で、江戸前島という洲があって、湿地帯ばかりであった。隅田川や利根川によって水運は便利だったが、氾《はん》濫《らん》も多かった。だから日比谷の入り江を埋め立てて、堀や運河を作って、川沿いには沢山の河岸が築かれた。

水路にも色々あって、隅田川のように自然のまま使うもの、日本橋川や石神井《しゃくじい》川のように流路を変えて運河としたもの、陸地に水路を入れ込んだ舟入堀、小名木川のような埋め立て地の間を流れる水路など、様々な形態がある。

だが、当時の臨海では、今でいう土木工事を行うのが難しく、土砂は溜まる一方だった。それを船手奉行所では、なるべく普請を行いやすいように浚ったり、幕府に働きかけて、上流には防波堤を築くとともに、下流は「八の字」に開いて、水害を最小限にする工夫をした。

また、御定法に反して、様々な塵芥を水路に棄てる者が増えて困っていたが、それを片付けるのも船手奉行所の仕事だった。薙左は率先するように、自ら泥をかぶりながら、塵芥船

を操って、邪魔なものをせっせと片づけていたのである。それは、

——人が見ていない所でこそ、一生懸命働け。

という戸田奉行の言葉を、素直に実践していただけのことであるが、

「そんな人だから、あっしらみたいなものにも、気をかけてくれたんだ……美和ちゃんも、初めて会った旦那なのに、頼りになる人だと思ったんだ、きっと」

「そうか……だが、奴をどう始末するかは、お奉行の仕事だ」

「加治の旦那……」

「まあ、悪いようにはせぬと思うが、せいぜい俺も頑張ってみる。安心しな。おまえと女房子供たちも、俺たち船手が町方から守ってやるから」

「はい……ありがとうございます……ありがとうございます」

何度も頭を下げる猪蔵を目の前にして、加治もまた新たな決意をするのだった。

八

その頃、薙左と鮫島は、美和に案内されて、小名木川沿いにある商家の蔵に来ていた。船番所から一旦、中川を海に下り、沿岸を東に進んで、江戸川を三町ばかり遡《さかのぼ》ったところに、

水車小屋があった。

　近くの農家に水を送る用水路のためのものであるが、人が使っている気配はなかった。水車小屋には船着き場があって、川船が横付けできるようになっている。

　船から下りながら、美和は不満をぶちまけるように言った。

「猪蔵さんたちの気持ちの昂《たかぶ》りを、誰かが代弁してあげなくてはいけないんです。それが父上の務めであるはずでした。なのに、人助けをするどころか、私が殺されるのを承知の上で、あの人たちを懲らしめる大義名分が欲しかったのです。だから、拐かしは渡りに船だったのです」

「……そうかもしれぬな」

「懲らしめるだけが与力の務めではありません……少なくとも、ひとりの父親として、人間として猪蔵さんたちの暮らしを見てみれば、何をどうすればよいか分かるはずです」

「かもしれぬな……」

　と薙左は返事をしたが、美和の考えにもどこか腑に落ちないところがあった。あえて父親を貶めようとしている気持ちが見え隠れしているからである。

「ここです、薙左さん」

　水車小屋の前に降り立った薙左と鮫島は、思いの外《ほか》、大きなものだと背中を反るようにして見上げた。

「何があるというのだ」

　薙左が尋ねると、美和は緊張の面持《おもも》ちで、

「父が時々、来ていた所です。怪しげな人たちと、何やら話していたこともあります」

「怪しげな……」

「はい。顔などははっきり分からないのですが、どう見ても浪人やならず者たちにしか思えませんでした」

「ここで何をしてたと？」

「それを薙左さんたちに調べて貰いたいんです。よからぬことに違いありません」

　美和は自分の知らぬ父の姿が、この水車小屋に来れば分かると思ったのであろうか。ただ、時折、この水車小屋には、

　──おまえが思いもよらぬ宝が埋めてあるのだ。

　というようなことを言っていたという。それはたまに酔っぱらったときのことであるが、娘にも話せない何かがあるに違いないと感じていた。

　水車小屋の中は、どこにでもある粉挽《ひ》きの石臼《いしうす》があるだけだった。大きな歯車が複雑に絡まっているが、これまたあまり使われた形跡はない。

「それにしても、美和さん……あんたは、どうして、ここまで父親のことを調べているのだ。ふつうなら、親が悪いことをしていたとしても、見て見ぬふりをするんじゃ？」

と薙左は訊きながら、小屋の中を見回していた。

「親だからこそ、暴きたいのです……」

「ええ？」

「言ったでしょ？　母や私の命よりも、お務めが大事なのです。ですから、人質になろうが、平気で……」

怨みがあるとしか思えなかった。他人には分からない根深いものがあるのかもしれないが、母親を見捨てた父親を憎んでいるだけにしては、執念がありすぎた。そして、美和はぽつりと言った。

「やはり父は、抜け荷に関わっていると思うのです」

たしかに本所方は、橋梁や河川を監視するだけではない。荒川や江戸川に繋がる墨東の方には、犯罪者が逃げることも多いので、火盗改方《かとうあらためかた》に手を貸して目を光らせていたという。

「父は、何らかの形で、抜け荷一味から取り上げた荷の中から、めぼしいものを、お金に換えていた節があるんです」

「その隠し場所がここ……という訳か？」

「おそらく……」

もう一度、水車小屋の中を見回したが、立派な梁《はり》や柱はあるものの、物を隠すようなところは見当たらない。しばらく、鮫島も探していたが、めぼしいものはない。

ただ、石臼に付着していた小麦色の粉が、鮫島は気になった。長い間、使っていない割には、粉が新しいからである。

「薙左……こりゃ、ええもんだぜ」

鮫島はその粉を掌《てのひら》に取って、舐《な》めたり、嗅《か》いだりしながら、そう言った。

「こりゃ、阿片を粉末にしたものに違いあるまい。抜け荷の中から阿片を取り出して、煙管《キセル》でも吸えるように粉にして、どこかで売り捌いていたのであろう」

阿片は芥子《けし》の果実から作る、ご禁制の麻薬である。鎮痛剤などして使われるものの、江戸府内はもとより、諸藩でも栽培は禁止されている。それでも、阿片窟は今でも、将軍のお膝元でも見つかっているくらいだ。

おそらく抜け荷として持ち込まれたものであろうが、平瀬が阿片の処分に関わっていたとなると、ただ事では済まない。

薙左はしばらく呆然としていた。

――まさか、役人が阿片を扱っているなど……。

とは信じられなかったのである。

そのとき、がやがやと数人の男の声が、足音とともに近づいてきた。小屋の覗き窓から見ると、いずれも黒っぽい着物に袴の浪人たちであった。

「あいつら……」

薙左の目が凝視すると、鮫島は何かを察して、

「なんだ。見覚えでもあるのか」

「あるも大あり。鎧河岸で俺を襲って来た奴らだ、平瀬様の命令でね」

「ほう……やはり、美和さんの言うとおり、ここは、阿片の巣窟だったわけだ。しかも、親父殿ががっつりと関わっている」

相手が水車小屋の中に来るのを待つまでもなく、鮫島は入口の戸を足で蹴って、表に飛び出した。突然のことに、ぎょっとなった浪人たちは思わず腰の刀に手を当てた。すでに抜き払った者もいる。

「誰だッ」

浪人の頭目格が、重苦しい声を発したが、鮫島の後ろから出て来た薙左を見て、またアッと目を見開いた。

「貴様、あのときの……」

「どうやら、覚えてくれていたようだな」

「…………」

「俺たちは、船手奉行所同心だ。小屋の中にあった阿片について話を聞きたい」

と薙左が言った途端、五人の浪人たちは素早く刀を抜き払って、問答無用で斬りかかってきた。ひょいと軽く避《よ》けた薙左と鮫島は、まるで相手の動きがすべて見えるかのように避けながら、次々と浪人たちの刀を叩き落としたり、弾《はじ》き飛ばしたりした。

「今日は、この前のように逃げないよ。これ以上、やるというのなら、腕の一本や二本、落ちても仕方がないよな」

薙左がニタリと笑うと、この二人には到底、敵わぬと思ったのであろう。刀を棄てたまま逃げ出したが、頭目格の侍だけは鮫島が取り押さえた。

「抜け荷について、聞こうじゃねえか、なあ」

「ぬ……抜け荷？」

「であろう？　でないと、阿片をどっから仕入れたってんだ」

「俺たちは、ここで番人を頼まれただけで、ああ……阿片の売人の用心棒を頼まれただけで、売り買いには縁がない。本当だ。ましてや、抜け荷なんて、知らぬ」

「惚けなさんなよ」

と鮫島は鞘と腕で、首を三角絞めのようにしてから、

「正直が一番。でなきゃ、この首が胴から離れたって知らないぜ」

「ま、待て……役人が、脅かしていいのか、おい」

「悪いが俺たち船手は、役人の〝吹き溜まり〟と呼ばれてるんだ。役職には恋々としてないし、海の男たちだから、命知らずも多い。おまえたち浪人がどうなろうが、知ったこっちゃねえやな」

　浪人は俄にぶるぶると震え出して、

「勘弁してくれ……俺は、三島半兵衛《みしまはんべえ》というしがない浪人だ。これでも元は御家人だ。おまえたちと同じだ……御役御免になって食う手立てがなく、用心棒暮らしだ。たしかに阿片とは知っていたが、俺たちは本当に売り捌いたり、それで儲けたりはしておらん」

「してなくても、人としてはどうかな？」

「そんなこと……それなら、平瀬様に言ってくれ。ああ、南町与力の平瀬小十郎様だ。あの人が、俺たちを雇っているのだ。あの人こそ、抜け荷と関わりがあるはずだ。すべてを知っているはずだ」

「やはり、平瀬殿がな……」

　三島という浪人が必死に命乞いをしたとき、美和はずいと近づいて、

「父は一体、何をしているのです。あの人はどうして、そのようなことをしているのです。言って下さい。どうして……！」

と泣き出しそうな声で訊いた。

心の奥底では、父親を信じていたのかもしれない。本当は、父親の無実を明かしたくて、何かの間違いだと思って、美和は調べたかったのであろう。

にもかかわらず、現実に父親が率先して抜け荷に関わり、元御家人たちの足下を見て仲間に引きずり込んだという事実に接して、美和は愕然となった。

「ねえ。どうして、父はこんな……人でなしなことに首を突っ込んだのです！」

「そんなこと知るもんかッ」

「お願い。話して下さい」

「娘なら、本人に聞けばいいではないか。あんたになら、話すかもしれない……いや、娘のあんたなら、これ以上の悪事を働くのを、止められるかもしれない」

「これ以上の悪事？」

美和は混乱したように、その場に崩れてしまった。その肩を支えながら、薙左は三島に聞き返した。

「どういうことだ。はっきりと言え。おまえとて、元は御家人ならば、本当はかようなつまらぬことはしたくなかったはずだ。なぜ、どうして、こんな真似を……」

ひたむきに向かう薙左に、三島は脱力したように座り込んだ。

「……ふん。俺にも、あんたのように若い時があった……町方役人として、青雲の志とやらもあった……だが、現実は厳しい。いや、現実は、綺麗事だけではない」

と三島は己の悪事を弁解しながらも、町奉行所内の現実を語った。抜け荷に限らず、さまざまな犯罪を通じて、裏社会の不逞の輩と繋がりがあり、持ちつ持たれつでやっている事実を目《ま》の当たりにしたことで、

——正義とは何か。

ということを考えることすらなくなった。長いものには巻かれろ。強い者には従うしかない。そして、弱く貧しい者たちのことなんぞ、知ったことか。それが役所の現実だ。

「そんな中で……美和とやら、おまえの父も苦悩の選択をしたのであろうよ」

「苦悩の選択？」

「ああ。ちらりと聞いた話だが、あんたはもう少し小さい頃、心の臓を患っていたらしいな。生まれつきの病とかで」

「…………」

「あんたが、どうして長崎帰りの名医に診て貰えて、いい薬を買い求めることができたか、

分かってるか？　いくら与力様でも、数十両の金はポンと出せまい」

「もしかして、父は……」

愕然となる美和に、三島は続けた。

「お父上……平瀬さんは、娘の薬代、診療代欲しさに、抜け荷に関わったんだ。そうでもしなきゃ、大事な娘の命は……助かるはずもなかった……」

「そんな……」

「平瀬さんは言っていたよ。初めは、娘のため、娘のためだ……そう言い聞かせていた。だが、悪事に手を染めるということは、二度とその泥沼から、這い上がれないということだ……平瀬さんの上には、きっともっと凄《すご》い誰かがいる……だから、抜けられないんだ。そう思う……」

美和は衝撃のあまり立ち上がることもできなかった。父を咎人にしてしまったのは、自分のこの体だったのかと思うと、悲しみと苛立ちが津波のように湧《わ》き起こってきた。

「私のせいなのですね……」

「違う。それは違うよ、美和さん」

薙左はどう言って慰めようかと困ったが、美和の方が達観しているようで、

「それでも……私は許せません……人として役人として……阿片で人を苦しめることを選ん

だ父を、許すことはできません」

と言いながら、ううっと泣いた。

さめざめと泣き濡れる美和を、薙左はそっと見守っていると、陽炎《かげろう》のように水車小屋の表に、平瀬が立った。

「平瀬様……」

鮫島が声をかけると、平瀬はがっくりと両肩を落として、

「知ってしまったのだな、美和……」

「父上……」

「そういうことだ。おまえが、なんとか病を克服した後も、私は……足を洗うことができずに、ずるずると与力にあるまじきことをしてきた……だが、これも浮世のしがらみというもの」

「冗談じゃないぞ！」

薙左は怒りを露わにして、素早く平瀬に駆け寄ると襟首を摑んで、

「あんたのせいで、美和さんがどれだけ苦しんだと思ってるんだッ。抜け荷に手を出したのは悪い。だが、せめて……せめて、どうして、そこで留《とど》まることができなかったんだ！」

「浮世のしがらみと言っただろう？」

「黙れッ。あんたがしたことは……したことは……」

と薙左が体を揺すっていると、懐からひらりと白い紙人形が落ちた。それには、美和の名が書かれていた。

「水無月の夏越の祓する人は千歳の命延《のぶ》というなり……」

そう呟きながら、平瀬は人形を拾うと、近くの川にそっと流した。

「毎年、春先から夏にかけて、大変でな……それを越したら、夏を越したら少しよくなる。だから、こうして……」

夏越の祓の神事を、平瀬は美和の知らないところで、毎年していたのである。

「父上……」

「済まぬ、美和……」

何も語らず、二人はお互いの目がくりぬかれるくらい見つめ合った。

ギギッと、動かぬはずの水車小屋が回ったような気がした。

それからすぐ、平瀬は船手奉行所に同行を求められたが、それは頑なに断り、自ら南町奉行所に出向いた。

だが、その数日後、牢内に留め置かれていたとき、番人の隙を狙って自刃した。

——無念。

どうして、強引に船手に連れて行かなかったかと悔やんだが、それが新たな火種になるとは、このとき薙左は思ってもみなかった。

第三話　咲残る

一

夏の青葉が風にちらほら揺れる夕暮れの鉄砲洲の通りから、一筋入った一角に、小料理屋の『あほうどり』があった。その辻を挟んで、なぜか近頃、新しい自身番ができた。

——町方が船手を見張る小屋。

だというのが、もっぱらの噂で、すぐ近くにある朱門の連中にとっては不愉快極まりなかった。朱門というのは、船手奉行所の門の色なのだが、船手の役人のことを、町方の連中は、「朱門のやろう」とか「朱門のバカめが」と隠語のように使っていた。

元来、朱門とは、富貴な人の家を示す言葉である。だが、〝吹き溜まり〟と言われるだけに幕府からの予算も少なく、船手奉行所はいつもピイピイ閑古鳥が鳴いていた。

だからという訳ではないが、船手の役人だけが客である『あほうどり』の値はかなり安くて、薙左のような青二才でも、たっぷりと腹ごしらえができた。

店の前には江戸湾が広がり、白波が風に飛ばされていて、遠くの沖合には無数の帆が開いていた。この情景は慣れると、他にはない心地よさで、座敷に座って一杯やりながら、ぼうっと見ているだけで、心の中のモヤモヤすらも吹き飛ばしてくれそうだった。

『あほうどり』店内は土間と座敷があり、奥の厨房には水甕《みずがめ》があって、船手の人たちは勝手に柄杓《ひしゃく》で飲むことができる。

腹を空かせた薙左が暖簾《のれん》を潜《くぐ》って入って来た途端、女同士の激しい喧嘩の声がした。女将のお藤と小女のさくらが、珍しく摑みかからんばかりの罵り合いをしているのだ。

常連客の船手奉行所の水主である寅八《とらはち》や六助《ろくすけ》らが、食べかけの丼《どんぶり》飯を手にしたまま、喧嘩を止めようと、おろおろして見ている中に踏み込んだ薙左は、飛んで来た茶碗をサッと避けた。

「さくら！　なんですか、その口の利き方は！」

「女将さんこそ、なんですかッ。女将さんが悪いんでしょ！」

「だから、それは勘違いだってば。もう！」

「いっつも、女将さんだけ、いい思いしてさ」

「何を言うの、さくら。私はあんたのことばかり考えて……」

「嘘ばっかり。そうやって、いい顔するんだわッ。このボケナス！」

「言ったわね、ドテカボチャ！」

あまりに凄くなりそうなので、薙左は止めに入った。

「客もいるんだから、やめて下さいよ。二人ともいい歳《とし》こいて」

お藤の方がキッと口元を斜めにして、手にしていた柄杓を薙左に向けた。

「よして下さいよ。一体、何があったのですか？」

少し離れたところで、〝あっかんべえ〟をしているさくらが、お藤の理不尽さを罵った。薙左よりも年下のさくらから見れば、お藤はおばさんに違いないが、歳のことで責めるのは、それこそ無礼だ。

喧嘩の訳は大したことではない。斜《はす》向かいの自身番に詰めている岡っ引の弥七が、この店の飲みに来たのを、お藤は気に入らないからといって追い返したのだ。だが、さくらから見れば、ひとりの客だから、差別してはいけないと意見したのが喧嘩の発端だ。

「だって、そうでしょ？　女将さん、いつも言ってるじゃないですか。お客様は神様。どんな人にもニコニコご奉仕って」

「けどねえ、あいつは……」

と言いかけて、お藤はみっともないと思ったのか、掲げていた柄杓を下ろした。

「まあ……私としたことが……」

「あらあら、急にしおらしくなっちゃって。あ、分かった。そんな姿、ゴマメちゃんの口から加治様の耳に入ったら困ると思ってんでしょう」

さくらがまだからかうように言うので、薙左はきちんと向き直って、

「さくら。おまえは使われてる身だ。女将さんに、そんな口を利くのはよしなさい」

「でも……」

「よせと言っている」

何か言いかけたが、渋々とさくらも上げていた拳を下ろした。近頃、なぜか、薙左の言うことは聞くのである。もしかしたら、薙左に惚れたのではないか、と周りの者たちは思っていた。

少し前のことだが、さくらには思いを寄せていた人がいた。立派な人だったが、過去の罪を自ら暴いて流刑となった。その後、自害をはかったこともあるさくらだが、一生懸命慰めたのが薙左だった。絶望の淵から、元の明るいさくらに戻ることができたのは、薙左のお陰だったのだ。

「で、喧嘩は、弥七親分が店に来たからってことか？」

「それだけじゃないわよ」

さくらは少しふくれた顔になって、

「女将さんが、加治様と二人だけで、鰻《うなぎ》屋に行って、そいでもって、芝居見物にまで行ったからです」

「別に、いいじゃねえか。二人はまあ、色々あって、今はいい仲なんだから」

「でも……」

「さくらが焼き餅《もち》を焼くことじゃないだろう。それとも……」

と言いかけて、薙左は首を傾げた。

「でも、鰻なら、この『あほうどり』にもあるのに、なんで、また……」

「鈍いなあ、早乙女の旦那。男と女が二人して、鰻屋に入るってことは……」

見ていた水主の寅八が嫌らしい顔になって、

「そういうことなんだよ。エへ、エへ……」

「そ。わりない仲って意味だぜ。お互い許し合った間柄じゃなけりゃ、鰻なんか食べに行くもんかね。デへへへ」

と六助も後押しするように笑った。

「ちょいと、変なことを教えないで下さいな。ゴマメちゃんは、まだまだ心の綺麗な若い同心なんですからねッ」

まだ心配そうに腰を浮かせて見ている水主たちを、お藤は座らせた。すると、寅八がまた余計なことを言った。

「女将さんも、女将さんですよ。若い娘を相手に怒ったりしちゃ、せっかくの綺麗なお顔が台無しです」

「なんですってッ」

そのとき、辻を挟んだ自身番の扉が開いて、南町定町廻り同心の伊藤俊之介と岡っ引の弥七が、こそ泥風の男を連れ出して、解き放った。

「さあ、行け。二度と賽銭《さいせん》泥棒なんざ、するんじゃねえぞ」

と弥七はケツを蹴飛ばした。

「も……申し訳ありやせんでした」

そそくさと立ち去る男を見送って、伊藤は背伸びをしながら、

「ああ……今日もしょぼい事件ばかりだったな。こんな海風に晒されっぱなしの所じゃ、起こる事件も下らぬものばかりだ」

「なに、焦《あせ》ることはありやせんよ、伊藤の旦那。それこそ船手奉行所は、明日も明後日も、そこに朱門を構えておりまさあ。いつだって、難癖つけて踏み込めますよ」

そのとき、ぷらぷらと着流しの加治が歩いて来て、伊藤たちの前を通って、『あほうどり』に入った。

「今日も賑《にぎ》やかだな。おまえたちの声は、向こうの通りまで筒抜けだったぞ」

と加治が笑うと、さくらは蒸し返すように、

「ねえ、加治様。穴子と鰻、どっちが好き？」

「そりゃ、鰻だな」

「じゃ、やっぱり、女将さんと突っつきあったのは……」

「突っつきあった？」

「それから、お芝居」

「ああ。あのとき、お藤と食べたのは、ドジョウ鍋だ。それが、どうした」

さくらは口の中で、なんだか嬉しそうに、

「ああ、ドジョウねえ……あはは……そうか、ドジョウかあ」

と笑いながら厨房に入ると、暖簾を割って、伊藤と弥七が入って来た。

「これはこれは。船手ってのは、勤めが終わってなくても、一杯やれるんだ」

伊藤が皮肉な顔を向けると、

「ああ、そうだよ。何しろ、吹き溜まりだからねえ」

と加治は平然と返してから、

「女将。鯖《さば》の煮付けと飯をくれ。それと、らっきょうの酢漬けをな」

「ちょいと、ここは町方の旦那が座る席はないんですけどねえ。さくら、出てって貰って、塩撒《ま》いときなさい」

「そんなに嫌うことはあるまい」

と言ったのは加治だった。

「伊藤殿。ここの深川飯は他にないくらいうまいから、たんまり食ってやってくれ。剣きあさりも多いしな」

伊藤は軽く頭を下げてから、入口近くの腰掛けに座って、

「加治様に一度、聞こうと思ってたんですがね？」

「なんなりと」

「堺町の芝居街じゃ、またぞろ派手な催しものがあるっていう話だが、それは本当ですかね？」

「さあ、どうかな。町方のおまえさんの方がよく知ってるんじゃないのか？　そもそも、何をもって派手と言うか」

「あなたの屁理屈なんか訊いてませんよ。お上が、〝贅沢禁止、倹約の令〟を出したものだから、せめて舞台だけでもと、かぶいた芝居だのキラキラした着物だのを披露して、人心の荒廃を誘ってるんじゃないか、と思いましてね」

「人心の荒廃……ときたか」

「でなきゃ、なんなんですかね。何の役にも立たぬのに。大体が……」

「まあ、そう言うなよ」

と加治は遮って、

「町人たちは毎日、汗水垂らして働いてるんだ。日頃の憂さ晴らしに芝居を楽しむことは、明日への糧にもなる。それを厳しく取り締まるなんざ、酒食に溺れ、博打にうつつをぬかす輩を、増やすことにだってなりかねぬ。それこそ、世のため人のためにならぬと思うがな」

「まったく……北のお奉行と同じようなことを言いやがる」

「カジ助……いえ、加治さんの言うとおりですよ。寄席だって一時は、江戸に二百軒を超えてあったのに、今じゃ、たったの十五軒。ねえ、旦那。こんなことで本当にいいんですか？」

「そう嚙みつくなよ、女将」

伊藤は嫌らしい目つきで、お藤の頭から爪先までを舐めるように見て、

「さっき町人が汗水垂らして働いてるって言いましたがね、加治様……船手奉行が真面目に働いているのなんざ、見たことがありませんよ」

「なんだと？」

寅八と六助が喧嘩腰で立ち上がったが、伊藤は冷めた声で、

「だって、そうじゃありませんか？　戸田泰全様は一度も、お顔を拝んだことがない。ずっ

と欠勤。噂じゃ、酒ばかり飲んで、拝領屋敷で寝てばかりとか。だから、渾名もトド。それで汗水……と言われてもねえ」

お藤も怒鳴りたくて喉まで出かかっているようだが、加治は笑みすら浮かべて、

「まあ、そう言うな。お奉行はお奉行の都合もあるのだろうよ」

そう言ったときである。

カンカンと火事を報せる半鐘を叩く音が鳴り響いた。

「火事……!?」

驚いて、遥か遠くを見やる加治たちのところへ、さくらも駆け出て来て、

「煙は堺町の方から上がってますよ、女将さん！」

「堺町？　中村座や薩摩座がある芝居街じゃないの」

「ど、どうしよう……中村夢之丞様……」

「あんたが心配することじゃないだろう？　大体、あんた誰が一番好きなんだよ」

伊藤と弥七は、仕方がないとばかりに、火事の煙が見える方へ駆け出したが、

——何か匂う……。

と加治は思った。贅沢禁止令が出された直後の火事だからである。

同じ思いを抱いたのか、お藤も不安な顔になった。

「もし芝居小屋が火事になんかなったら、こりゃえらいことですよねえ、旦那ア。老中の水《みず》野《の》様は、前々から、芝居小屋をなくしたがっていたから、それこそ、思うつぼじゃないですか？」

「そうだな」

「私、ちょいと行ってみるッ」

とお藤は伊藤たちの後を追うように駆け出した。

「女将さん、お店は！——まったく……」

さくらは溜息をついた。火事と喧嘩が大好きなお藤のことだから、血が騒いだのであろうが、加治も心配そうに見送っていた。

二

半鐘が激しく鳴り響く中、中村座は轟々《ごうごう》と音を立てて炎が上がっていた。

煙の中から、目だけが見える覆面をした勘定奉行の大河内豊後《おおこうちぶんご》が、芝居小屋の木戸番・佐《さ》渡《ど》吉《きち》に案内されて出て来た。避難をするためである。

「御前！　ささ、こちらでございます」

大河内を先に押しやるようにする佐渡吉だったが、その先はなぜか石塀があって、行き止まりになっていた。思わず立ち止まった大河内は、熱気にやられた喉を押さえて、

「これは……！」

と立ち止まって、佐渡吉を振り返った。

「逃げ道を間違えたか……木戸番のくせに」

「いいえ。あっしは間違えてなんかいやせんよ」

大河内がエッとなるのへ、佐渡吉は、いきなり匕首を抜いて脇腹を突き刺した。大河内は
「うわあっ」と崩れ落ちた。

「き……貴様……!?」

佐渡吉は冷徹な目になると、

「別に怨みはありやせんが、迷わず火炎地獄……いや極楽に行って下せえやし。御前には色々とお世話になりやしたが、これも渡世の義理というやつで」

と言いながら、無慈悲にも、喘《あえ》ぐ大河内を炎の方へ押しやった。

そのとき、一方から、無精髭で着流しの浪人が駆けつけて来た。煤《すす》を沢山被《かぶ》ったのか、全身が黒くくすんでおり、手には油桶《おけ》を持っていた。

「首尾はどうだ。うまくいったか」

「言われるまでもありやせんよ。それより、花岡様《はなおかさま》。これで、あなたも、あっしらの仲間ってことだ。二度と後戻りはできやせんぜ」

花岡と呼ばれた男は、花岡喜久馬《きくま》という無頼浪人だが、元はれっきとした旗本だった。もとより、その面影はまったくない。四十過ぎだが、もっと草臥《くたび》れた年寄りに見える。

「余計なことを言うな……」

鼻白んだ顔で、大河内を押しやった方に油桶を投げつけると、花岡の目はますます鋭くなって、燃えさかる炎を見やった。その顔には異様な笑いさえ浮かんでいた。

「ふふ……ざまあみやがれ！　これで川の民が大勢死ぬ。おまえの命運もここまでだ。ふはは、戸田泰全……」

と鬼のような形相になった。

佐渡吉は炎に映える不気味な姿に、思わず身を引いた。

「旦那。長居は無用ですぜ」

佐渡吉はすぐさま翻って立ち去るが、花岡は悦に入ったように、しばらく炎を見つめてから引き返した。一緒にいると怪しまれるので、二手に分かれ、花岡は芝居小屋の裏手から抜け出た。

だが、花岡はなかなかその場から離れようとせず、野次馬に混じって、町火消しが火を消すのをぼんやりと眺めていた。その騒々しさが、花岡の胸の内を満足させていた。

炎は少しは鎮まったが、消えることはなかった。名残惜しそうに芝居小屋に背を向けて、路地に入ったところで、ドンと人にぶつかった。お藤だった。

「あら、ご免なさい。お武家様」

花岡はハッとお藤を見やって、一瞬だけ凝視したが、思わず目を伏せた。

「大丈夫ですか、旦那」

「あ、ああ……」

動揺を隠すように、あえて冷静に、

「この辺りは危ない。早く離れた方がよいぞ。風もこっちに向かっている」

と言ったが、お藤は少し怪訝そうに、

「あの……どうして、こんな所に？」

「あんたこそ、なぜ」

「ちょいと知り合いの人が、芝居を観に来ていたはずなんですがね、姿が見えないので、探していたのです」

「知り合い？」

「ええ。名は言えませんが、お武家様で……」

「いや。こっちには誰もおらなんだ」

バリバリと炎で屋台骨や柱が崩れる音がしている。

「火の手が広がる。逃げろ、さあ、逃げろ」

と、お藤を押し戻すようにしてから、花岡も人混《ご》みとは違う方へ駆け去った。そのとき、風がふわりと湧き起こって、男の体臭とともに、油の匂いが漂った。思わず、花岡が立ち去った方を見やって、

「……妙だわねえ」

お藤は、おもむろに尾けはじめた。


その夜――。

船手奉行所の中庭に面した座敷に、老中の松平対馬守《まつだいらつしまのかみ》が、痺《しび》れを切らした顔で待っていた。険しい表情なので、与力として控えている加治も、まるで針の筵だった。

渡り廊下の前には中庭が広がっており、素朴な築山があるが、その向こうに広がる江戸湾を借景にして、大海原に浮かぶ雄大な島に見える。

「まったく……どうして、かようなときに、お奉行はおられないのだ。一体、何処で何をしているのか、もう……」

と加治がわざとらしく言うと、松平の方も承知しているとみえ、

「加治とやら。目障りだ。そこへ、座れ」

「ははあ！」

丁重に控えた加治は床に額をつけたまま、

「御老中……松平対馬守様には、向井将監《むかいしょうげん》様に色々とお取りはからい下さり、船手奉行戸田泰全も働きやすきことこの上なく、大変お世話になっております。戸田が船手奉行としてご奉公できるのも、ひとえに松平様のお陰……」

「世辞を聞きに来たのではない」

「いいえ。お奉行はいつも、松平様のことを幕府で一番の有能果断な御仁であると仰せで……」

「嘘をつくな。奴は、何事にも儂に反対ばかりしておる」

「は？　さようで？」

「登城して来ぬかと思えば、奉行所にもおらぬとは、よほどたがが緩んでいると見える。一体、戸田は何処で何をしておるのだ」

「はい。今日は……あ、そうです。昨日の火事……堺町で起こった芝居小屋の火事につき、色々と……」

相手が老中であっても、抜け荷の探索のためだということは口にしなかった。

南町与力の平瀬小十郎が、一身に罪を負って切腹してから、まだ日が経っていない。背後にはまだ何かあるはずだ。だから、どうしても、抜け荷や阿片を扱う輩を摘発したいと、戸田は自ら〝潜伏〟したままなのである。それが、父を亡くした娘の美和のためになると思っていた。

「船手が火事のことを、な……」

「それはそうでございます。我ら船手は川辺に住む者たちの安寧秩序を守るのが務め。堺町にある芝居小屋から、日本橋川、浜町、それから隅田川一帯には、川船漁師も含めて、沢山の人々が暮らしております」

「…………」

「そもそも、江戸の娯楽は、芝居でも吉原でも、海辺や川辺から始まったといっても過言ではありませぬ。つまり、船手は江戸の民の暮らしのことを一番……」

「もうよい。おまえの講釈を聞きに来たのではないわ。実は、こっちも、その火事のことで参った」

と表情が一段と険しくなった。

「……と仰せられますと？」

「堺町の芝居小屋の火事にて、人ひとりが死んだ。しかも、それが勘定奉行の大河内豊後だったのだ」

初耳だったので、加治は驚いた。

「この幕府の一大事に、行き先も告げずに留守とは、呆れ返って怒る気にもなれぬわい」

「お奉行は……恐らく、そのことで走り回っていることと存じます。何事も、自ら率先して動かなければ気が済まない御方でして」

「船手奉行たるもの、浮わついた腰で職責がまっとうできるか」

「はあ……」

「もうよいッ」

と松平が腰を上げようとしたそのとき、廊下から、裃《かみしも》姿の戸田泰全が入って来た。戸田は素早く下座に控えて、

「ご無礼を致しました。先程、町奉行所の年番方与力から報せを受けまして、急いで参りました」

「登城をしておればよいだけの話だ」

「申し訳ございませぬ。昨日の火事につき探索を……」

「言い訳はよい。火事のことも大問題だが、それよりも、おぬしが閣議に差し出した〝船主

株仲間解散の意見書〟のことだ。色々と物議をかもしておるぞ」

「川辺に住む人々は、船主の横暴に辟易としております。つぶさに見回って、その素直な思いを記したものでございます」

「船主株など無用の長物。解散せよと言うのか？　むろん、水野忠邦《ただくに》様をはじめ、老中若年寄は、他の株仲間をなくそうという考えはある。だが、江戸の暮らしのために、海や河川は大切な血道も同じ……その元締をないがしろにするのは如何なものかな」

「逆でございます」

「なんだと？」

「再三、申し上げたとおり、船便の独占があるからこそ、物価が上がり、庶民の暮らしが立ちゆかなくなっております」

「………」

「それに、船主の独占があるゆえ……色々と不都合も……」

「不都合？」

「たとえば、抜け荷……でございます。抜け荷は船がなければできませぬ。しかし、人々の目に触れないところで、不正が起こるカラクリがあるからこそ、抜け荷が一向になくならないのではありませぬか？」

「それこそ、逆ではないか。のう、戸田」

　と松平は目を細めた。

「訳の分からぬ船主が増えれば、それこそ何をしでかすか分からぬ」

「訳の分からぬではありませぬ。株仲間をなくすことによって、より多くの者が参加でき、不正を公にすることができるのです」

「そうは思わぬ」

「長い目で見れば、物価を上げることになるのです。それこそ江戸庶民の暮らしを苦しめることになりませぬか？」

「調子に乗るな、戸田。貴様は、先に出した贅沢禁止令にも反対……つまりは、何もかも、儂に反対なのだ。しかも、閣議で決まったことを私心で歪めるとは、船手であろうと、奉行にあるまじき行為じゃ」

「私は今しばらく議論が必要かと思います」

「いいや、議論の余地はない！」

「しかし、世の中には、贅沢をしたくとも、できぬ弱者がおります。年寄りや女子供、病人や生まれつき心身の弱い者もいます。そのような者たちから、ささやかな喜びをなくすことが必要でしょうか。そのような法を作るならば、もっと海の民、川の民によりよい……」

「政《まつりごと》をする者は、もっと高所に立って考えよ。水辺の民だけが、町人ではない」

キッパリと言い捨てる松平に、戸田は今一度、

「お待ち下され、松平様。諸国で生産される年貢米を含む商品は、まずは天下の台所、大坂に集められます。それが菱垣廻船や樽廻船にて江戸に輸送される。だからこそ、江戸で消費する大量の物品の値が安定しているのでございます」

と言った。

「………」

「庶民が混乱するようなことをしてはならぬと存じます」

「混乱を恐れていては何もできぬぞ！」

と松平が睨みつけると、戸田は冷静に見つめ返して、

「恐れているのは、それだけではございますまい？」

一瞬にして張りつめた緊張を、固唾を呑んで、加治は見ていた。

「なんだと？」

「昨日、火事で亡くなった勘定奉行大河内豊後様は、今日の閣議で、この議案につき重大な発言をしたいと言っておられました」

松平はギラリと戸田を見やった。

「何故、大河内様がただ一人、火元と思われる芝居小屋の裏手で焼け死んでいたのか……そして、大河内様が言いたかったのは何だったのか。それを探ることが急務だと、それがしは考えております」

「……戸田。責めを逃れんがため、話を妙な方に逸らすか」

「は？」

「分かっていよう。大河内が死んだのは、おぬしのせいじゃ」

「――――？」

「そもそも勘定奉行ともあろう者が、下世話な芝居見物とは腑抜けた話だが……」

「あれは世情の下見でございます」

「それはともかく、芝居小屋の夜の演《だ》し物は、蠟燭や行灯《あんどん》を使って危ないゆえ、禁止せいと儂は言ったはずだ。それを庶民の楽しみを奪いたくないと頑張ったのは、おぬしじゃ！　謹慎ぐらいの覚悟はいるのではないか、戸田奉行」

「…………」

「貴様は、北町の遠山と昵懇《じっこん》だそうじゃが、よほど感化されていると見える」

　と松平は冷笑して立ち上がり、

「追って沙汰を申しつけるゆえ、明日から登城はせんでよい」

と居丈高に立ち去る松平を、恐縮しながら見送った加治だが、戸田を振り返ると、小馬鹿にしたように笑っている。そして、裃を窮屈そうに脱ぎ捨てると、どっかと座って溜息をついた。

「石頭と話すと疲れるな」

三

「お奉行……まさか直ちに謹慎処分が出るなどと……どうなさいます」

加治は真剣なまなざしで、戸田を見やった。

「どうもしないよ」

「松平様は徳川御一門だし、水野様ともども、幕閣では権勢並ぶ者なきお人。その御仁に睨まれては逆らうことも……お奉行、謹慎などされては、御家の一大事でございます」

珍しく、愚痴を零すように加治は頭を抱えて、

「まさか、御役御免なんぞということには……」

「なるやもしれぬな」

「それでよろしいのですか？　はあ……」

「そう溜息をつくな。こっちまで気合いが抜ける」

戸田はいつもと変わらず他人事《ひとごと》のように濁声で笑っているだけで、

「謹慎だろうが蟄居《ちっきょ》だろうが、甘んじて受けようではないか」

と苦笑混じりで言い切った。

「これで御城勤めは楽になり、下世話な調べの方に精を出せるってものだ。船手奉行所を挙げてな」

加治は呆れたものの、たしかに……たしかに大河内様の死に方にはおかしいところがあると頷いた。実は、大河内と戸田は、いわば遠山派閥であり、庶民の味方である。それゆえ、

――何者かに消された。

と考えるのが自然であった。

芝居小屋の者に聞いた話では、佐渡吉という木戸番が、大河内と一緒に逃げたはずだという。そしてその佐渡吉なる者が、行方知れずになっているというのだ。

「うむ……月番の南町の調べもおかしい。これだけ謎があるのに、失火と断じて、早々に探索を打ち切りおった」

「やはり、何かありますな。お奉行も、この裏には、平瀬様を死に追いやった抜け荷のことも絡んでいると？」

「あるいはな」

「で、此度のことを調べた者は？」

「南町定町廻り筆頭同心の……片山芳兵衛という奴だ」

「……あいつか」

「知っておるのか」

「はい。平瀬様についても、あれこれとしつこく調べておりました」

「平瀬のことを……」

「はい、平瀬様が阿片を扱っていたのを前々から知っていた節があります」

「どういうことだ」

「我々船手に嗅ぎつけられたのを心良く思っていないようです。で、とうとう、船手のすぐ近くに自身番まで出して……あまり評判のよくない男です」

加治が断言すると、腕組みで遠い目になった戸田は、ふいに誰かを思い出したようだった。それが誰なのかは、加治には想像できなかったが、別の思いがよぎって、探るように見ながら、

「お奉行……またぞろ、どこぞに潜り込むつもりではありますまいな」

「なに、今まで色々と調べて、ちょいと心当たりができた。その折は、早乙女にでも、やら

せるつもりだ」

「とか何とか言って油断させて、私たちの知らぬ間にそっと抜け出すのが、お奉行の手口だということは、百も承知しております」

「疑り深いな。敵を欺くには、まず味方を……という奴だ。おまえらしくねえ。そう目くじらを立てるな」

　と戸田が座り直すと、加治も少し安堵したように、

「芝居小屋で死んだ大河内豊後様が、此度の閣議で重大な話をしようとしていたことは、さっき聞いておったな」

「はい」

「一体、何を話したかったのか……」

「お奉行もご存じないので？」

　ハッとなった加治も唸ってから、

「やはり、そのために大河内様は、誰かに殺された……」

　戸田はこくりと頷いた。

「そこだよ。俺が調べたいのは」

「お奉行……」

　不安が募る加治に、戸田は続けた。

「大河内豊後様の亡骸は、火元と思われる中村座の裏手で見つかった。さような所に何故、行ったのか……客や芝居小屋の者たちが逃げたのとは、まったく反対の方だというのが引っかかるし、消えたままの木戸番も気になる」

「さようですな」

「大河内様も俺と同じく、船主株仲間の解散には賛成だった。公儀にとっても目の上のたんこぶだったはず。ただ事とは思えぬのだ」

「では、反対派の何者かの仕業!?」

「まだ分からぬことだらけだ。カジ助、おまえは亡くなった勘定奉行大河内豊後様の身辺を探ってみてくれ」

「はは」


　鮫島が、佐渡吉の行方を摑んだのは、その翌日のことだった。

　世之助たち船頭や水主が、芝居小屋の役者や裏方、火事場近くの町や町火消しの者たちなどから聞き込んで分かったのだ。しょっちゅう出入りしている、とある寺の賭場《とば》に張り込んでいたのだ。

役人に睨まれたのを、察知したのか、佐渡吉はこっそりと秘密の通路から逃げ出し、何度も後ろを振り返りながら、

「まったく、しつこい奴らだぜ」

と小走りで路地を曲がり、後ろ向きで下がっていると、ドンと人とぶつかった。

「気をつけやがれい！」

思わず凄んだが、目の前に立っていた編笠の侍は、南町定町廻り筆頭同心の片山であった。

「そちらから、ぶつかったのではないか」

ギクッとなった佐渡吉は、顔を覗き込んで、ほっと胸を撫で下ろした。

「……な、なんだ、片山様ですか。脅かさないで下さいやし」

「船手の者に目をつけられたようだな」

と片山は物静かな声だが、じろりと鋭い目で詰め寄った。

「へ、へえ……」

「下手を踏めば、どうなるか……分かっていような」

「じょ、冗談じゃありやせんや。あっしは何ひとつ下手なんぞこいてませんぜ。あいつらは、ただ……」

「ただ、何だ」

「例の火事について、南町奉行所の探索の甘さを不審に思って、てめえらだけでも調べ直そうとしているようなんです」

「俺が悪いと申すか」

「とんでもございやせん。でも、奴らはただ事ではないと勘づいているようです。このままでは……」

「いいから、行け。後は俺が……」

言われた佐渡吉が逃げるように去っていった。

そこへ来たのは、鮫島ではなく、伊藤と弥七であった。二人とも息せききっており、かなり苦しそうだった。日頃の鍛錬が足りないのであろう。

「あれえ？　たしかに、こっちへ来たんだがなあ」

と言いながら、伊藤は片山に気づいて、

「あっ。これはこれは、片山様ではないですか」

「かような所で何をしておる」

「はい。船手の連中が、火事の一件で、佐渡吉という木戸番のことを見つけたようなので、私たちが先にとっ捕まえようと思いまして」

「船手に先手か」

「洒落《しゃれ》を言ってるときじゃありませんよ、片山様。私たちは懸命に……」

「だったら、とっとと捕まえろ」

片山が厳しく言い放ったので、伊藤は緊張で突っ立ったが、弥七が問いかけた。

「申し訳ありません。でも、片山様」

「なんだ」

弥七は緊張したまま問いかけた。

「今、こちらへ遊び人風の男が来ませんでしたか？」

「さあ、知らぬ」

「おかしいなあ。そんなはずは……」

「なんだと？」

片山がさらに睨みつけると、伊藤は腰が引けて、弥七を押しやった。

「こんな奴の言うことなんぞ、気にしないで下さい。数々のお手柄を挙げてらっしゃる片山様。心より、尊敬しております」

「なぜ、追っておる」

「ですから、中村座で亡くなった勘定奉行様のことで……芝居の折、一緒にいたのを見た者がおるので、一度、話を聞きたいのですが、何処へ行ったか姿を晦《くら》ましたままで……」

「あれは、ただの失火だ。誰に断って、そんなことを調べておる」

と片山が牽制するように言ったが、伊藤はまるで自分が手柄でも立てたように自慢げに鼻を鳴らして、

「ここだけの話ですが、片山様……あれは、付け火の上に、殺しの疑いもあると、私は睨んでいます」

「なんだと？」

さらに険しい目つきになった片山を、伊藤はギクッと見て、

「あ、いえ……」

「この俺が自ら検分し、ただの失火だと判明したことに、おまえはケチをつけるというのか？　何の権限があって、つまらぬことを調べておる」

伊藤はすっかり恐縮してしまい、

「と、とんでもありません。もしかしたら……って」

「おい、伊藤！　貴様は上役の俺の邪魔立てするというのか！」

「いいえ、決して」

「だ、旦那。だから、あっしが言ったでしょ。この一件には手出しならねえって」

と弥七が言うと、伊藤は申し訳ありませんでしたと深々と頭を下げた。そして、逃げるよ

うに、その場から立ち去った。

「待って下さいよ、旦那……旦那ってば、よう」

そう言いながら、弥七も伊藤の後を追った。

そんな二人を、片山は鋭く見送っていたが、その片山を、さらに遠目に見ていた男がいた。

――鮫島である。

「どうやら……伊藤って同心は、使いっ走り。抜け荷の裏事情もロクに知らされていないようだな……怪しいのは片山、か」

鮫島は目を細めて呟いた。

四

堺町で火事があってからというもの、他の芝居小屋にも火が燃え移っていたため、しばらく興行が中止になった。「いずれ、別の町に芝居小屋が移るらしいぜ」とか「いや、このまま、江戸から芝居の火が消えるぞ」という声が巷《ちまた》に広がっていたが、町人たちは、

――付け火だ。

ということには気づいていなかった。

堺町からほど近い、中瀬川沿いの料亭や料理茶屋も何軒かは、突如、灯りが消えた。芝居前や芝居帰りで賑わっていたから、興行がなくなった途端、客足も遠ざかったためである。

そんな中瀬川近くにある神社の境内《けいだい》に、伊藤と弥七はぶらぶらと来たが、いつもと違うのは二人とも不愉快な面《つら》をしていたことだ。たしかに片山の言うことは一理あるが、どうも釈然としない。普段なら、

——ああ、そうですか。

と引き下がるところだが、伊藤はいつぞや船手の者に痛い目に遭っているから、付け火の下手人を先に挙げられたりしたら、南町同心としての面子《メンツ》が立たない。そう感じていたのは、同心という稼業が本当は好きだからかもしれない。

「だから何度も言ってるだろうが。大河内様がなぜ、あんな火元でもない所に倒れていたかだ。おまえだって、おかしいと思うだろう」

「でも、片山様の言うとおり、広がった煙に巻かれただけじゃ？」

「それにしても、おかしいじゃねえか。あんな火の出てる袋小路に逃げるバカ者が、どこにいるんだよ」

「へえ、そうですが……」

「だろ？　だったら、徹底して、調べ直さなきゃ、町方としての器量が疑われる」

「どうしたんですか、旦那」

「え？」

「だって、いつもなら、そんなの放っておけ、でオシマイじゃないですか。どうして、そんなに躍起になってんでやす？」

「別に躍起になってるわけじゃ……」

腹の底では、船手の若同心に刺激されたからだろうと思っていたが、伊藤は決して口には出さなかった。

そこへ、本殿の裏側から、薙左がひょっこりと顔を出して、

「聞こえましたよ。やっぱり、伊藤さんも、あの火事はおかしいって思ってんだ」

とにこにこ笑いかけた。

「なんだ……船手の見習いか」

「もう見習いではありません。町方でいえば、本勤並みですかね。そんなことより、伊藤さん。死んだ大河内様は、天下を揺さぶるほどの大事件を、お調べになっていたという噂があります」

「なんだと？」

伊藤が身を乗り出すと、弥七は元はならず者の地金を少しばかり出した口調で、

「やいやい。言うに事欠いて、天下を揺さぶるなどと大袈裟な」

「あくまでも噂ですから、後は、伊藤様の腕次第ってことで」

「バカ。そんな大事件なら、伊藤の旦那に扱える訳がねえだろうが……」

と弥七は言いかけた自分の口を塞いで、

「あ、いや。旦那をバカにしてるんじゃありやせんよ。この船手の若造が、いい加減なことを言うから……」

だが、伊藤は弥七の十手を摑んで、目つきが変わった。

「なるほどな。やはり、勘定奉行の死の裏には、何か曰《いわ》くがあるってことだ。早乙女さんよ。おまえは敵に塩を送ったな。弥七、行くぜ」

「へ？　行くって、何処へです？」

「バカ。少しはてめえの頭で考えろッ」

駆け出した伊藤を、またぞろ追う弥七の姿は滑稽《こっけい》ですらあった。

それを見送りながら、薙左はぷっと吹き出した。

「あの伊藤って同心、本当は案外、真面目な奴かもしれないな」

と言いながら薙左が境内から鳥居をくぐって行こうとすると、参道を駆けて来た男が、ふ

いにドンとぶつかってきた。

「おっと。ご免なさいよ」

その瞬間、薙左の懐から鮮やかな手つきで財布を掏《す》ったのは、誰あろう佐渡吉であった。そして、いきなり怒鳴りつけた。もちろん、佐渡吉だということを、薙左は知らない。

「何処に目エつけてやがンだ、三ピン！」

吐き捨てるなり駆け去るのを、舌打ちで見送ってから、

「ぶつかって来たのはそっちじゃないか……」

と薙左は懐の財布がないのに気づいた。

「ああっ。やられた……俺としたことが……それは親父の形見なんだぜ、おい」

慌てて追いかけようとすると、参道の脇の木陰から、お藤が出て来た。なぜか、奉行の戸田も一緒である。もちろん、編笠の着流しで、狸腹《たぬき》がつんと出ており、腰に差している刀も重たそうだ。とても居合の達人とは見えない。

「お奉行……」

「おいおい。こんな所で、そんな呼び方するんじゃねえよ」

「あ、はい……それより、どうして」

「掏摸《すり》如きにやられるなんざ、おまえもまだまだだな。もっとも、ただの掏摸じゃないがな。

あれが付け火をしたと思われる佐渡吉だ」

「ええ⁉」

と追おうとするが、お藤が袖を摑んだ。

「大丈夫ですよ。あいつの塒は摑んでますから」

「お藤さんも……どういうことです？」

「あら、来ちゃいけませんかねえ」

「でも、どういう……」

薙左にははっきりとは伝えていないが、加治の昔馴染みでもあるお藤は、あれこれと船手の手伝いをしていて、戸田の密偵もしているのである。

「そりゃ、お藤さんが探索の手伝いをしてくれるのは嬉しいけれど、危ない真似をすると、また加治さんが心配しますから」

と薙左は的外れなことを言うと、

「何をおっしゃるゴマメちゃん。私たちは同じ船に乗ってる者同士じゃありませんか。亡くなった亭主も、船手奉行所の役に立てて、草葉の陰で喜んでますよ」

「…………」

「そんな話よりも、芝居小屋の火事のとき、妙な浪人者を見かけたんですけどね……」

「浪人者？」

「ええ。油の匂いがした気がしたので、尾けてみたんです。その日は夜になってしまって、この辺りで見逃したんですけど……いたんですよ。すぐそこの長屋に」

と、お藤は神社の鳥居から出て、すぐの所にある長屋を指さした。

「お藤さんの大手柄だ……俺もその浪人のことが、ちょっと気がかりでな……抜け荷の探索をしていたときに、ちらちらと名が出ていた者と同じ奴かどうかが気になってな」

そう言って戸田が憂い顔になったとき、長屋の一番奥の部屋から出て来たうらぶれた浪人者が、長屋の木戸口に立った。脇差は差しておらず、一本だけ腰にだらりとある。

「来ました……私が見たのは、あの男です」

その顔を見た戸田の顔がみるみるうちに強張り、驚愕を通り越して、絶望の色すら浮かんだ。ただ事ではないと薙左は思ったが、声もかけられないほどだった。

とっさに、お藤の手を引いて物陰に飛び込んだ戸田の俊敏な動きに、薙左はさらに驚いた。

よほど顔を見られてはまずいようだ。

男は辺りを見回すと、編笠をかぶって一方へ行った。

「お奉行……知ってる人なのですね？」

というお藤の声に我に返った戸田は、思わず手を放して、

「少し歳は取ってるが、間違いねえ。俺の古い友だちで、花岡喜久馬という男だ」

「花岡喜久馬……どこかで聞いたような……」

「ああ。加賀藩の剣術指南役だった男だ」

「加賀百万石の⁉」

素っ頓狂な声を上げた薙左の口を、お藤が押さえた。

「しかし……」

と戸田は、いかにも不思議そうに首をひねって、

「なぜあいつがこんな長屋で、腐ったような暮らしをしているのだ……」

「お奉行のお知り合いなら、何かの間違いかもしれませんが、あの人なんです。油の匂いがした浪人は」

嫌なことが現実になったという苦々しい顔になった戸田は、驚きを隠せずに息を呑み込んだまま、しばらく立っていた。

「奴は、そんなことをするはずがない……するはずがない。奴の、奴の……」

と戸田は言いかけて口をつぐんだ。

「奴の、なんです？」

お藤の問いかけに、戸田はいいやと首を振って、

「加賀藩の藩士が火付けなんぞするはずがない」

「ですが、そんな立派な藩のお役人が、江戸の長屋にくすぶってることが、そもそもおかしいじゃありませんか」

「何か密命を帯びてのことやもしれぬ」

「………」

「それこそ、加賀藩は五百石の大船を持っており、長崎からの物資も直に扱っている。抜け荷の温床とも言えるからな」

「まさか……」

五百石という弁才船は、大名が所持してよいギリギリの大きさの船だ。大名が幕法を破ってまで、船を持つことは決してなかった。その代わり、菱垣廻船や樽廻船などを直に支配する大大名はいた。

お藤は、何か曰くがあると察した目になって、

「私、尾けてみます。目を離しません」

「それはならねえ、お藤さん。もう、これ以上、危ない真似は……」

「いいってことですよ、戸田様。その代わり、たまには、私に加治さんを貸して下さいましな。今度こそ、ドジョウじゃなくて、鰻を一緒に食べたいのでね」

明るく笑って駆けて行くお藤の後ろ姿は、なぜか楽しそうにすら見えた。

だが、戸田の顔は冴えない。薙左はこんな暗い表情の戸田を初めて見たような気がする。いつもなら、

「小さなことを気にするな。男が廃《すた》るぞ」

と例の濁声で茶化すところだが、いつまでも呆然と立ち尽くしていた。

五

薙左は戸田と別れて、表通りに出ると、中瀬川沿いの道を歩いていた。教えて貰った佐渡吉の住処《すみか》に行って、財布を取り返した上で、付け火について調べるつもりである。

相変わらず、ずらりと並んでいる漁船の群れを見ながら、薙左はなんだか嬉しくなった。今日も大漁だったらしく、それを示す旗がパタパタと海風に揺れている。

いつぞや薙左が助けた子犬も、少しの間見ないうちに、ちょっと大きくなっていて、五郎と名がつけられているようだった。

軒を連ねている料亭や料理茶屋も、夕刻に迎える客のために掃除や仕込みなどで、大わらわの刻限だった。もっとも、以前のような活気はない。暖簾や提灯を出していない店はいく

らでもあった。

どう見ても、江戸に出てきたばかりのような野暮ったい田舎娘ふたりとすれ違った。

途端、乱暴な声が薙左の頭を越えて飛んできた。

「待ちなよ、ねえちゃん。何も取って食おうってんじゃねえんだ」

「そうよ。ちょいと酌をしてくれと言ってるだけじゃねえか」

「それから先は、おめえら次第だがよ。へへ……」

などと紋切り型のせりふを投げかけて、路地から追って来たならず者三人が、嫌らしい手つきで抱き締めて、激しく触り始めたので、若い娘たちは持っていた荷物を転がしてしまった。

「やめて下さい！」

「放して、誰か、助けて！」

娘たちは泣きそうに言ったが、ならず者たちは、

「勿体つけんじゃねえよ。丁度いいや。おい、あの神社の本殿で可愛がってやろうぜ」

と、ならず者たちが連れて行こうとすると、そこへびっくりするくらい派手な花柄の着物を着た大店の女将風の女が通りかかった。

「これはこれは、まっ昼間から、バチ当たりな者がいたもんだ」

女将風はわざとらしく、柏手《かしわで》を打って、頭を下げた。

「神様。どうか、このゴンタクレたちを許してやって下さい。こいつらは、人の皮を被《かぶ》った獣、そいでもって、怠ケモノなんです。どうか天神さん、バカは死ぬまで治りませんから、許してやって下さい」

振り返ったならず者たちは、肩をいからせ鋭く凄んで、

「なんだと、ババア」

「私はババアではありません。まだ四十の女盛り。すぐそこの料亭『桔梗《ききょう》』の女将、トキでございます」

「知るかッ。関わりねえ奴は、とっとと行きやがれ」

トキと名乗った女将は、ならず者たちの周りをぐるぐる廻りながら、

「あんたら、その着物の色があかんな。風水で見ると、そんな地味で暗い色してたら、ええ気力までが吸い取られるで」

「なんだ？」

「特にそっちの背の高いあんちゃん。その色はあかん。死相が出てまっせ。厄から逃れたかったら、塩でも頭から被ってなはれ。でないと、死に神に取り憑《つ》かれて、そうやな……明日か明後日には死にまっせ」

「なめてんのか、ババア」

苦笑したトキは怖がるどころか、からかうような口調で、

「そんなに舐めて欲しいんなら、私が相手をしてやるよ。そんな娘っ子より、この熟女の方がおいしいはず。たっぷりと可愛がってあげるから、まとめてかかっといで。おっぱい吸わしたろか？」

「吸うか、バカ」

「まあまあ。そう遠慮せんと、おいで。さあ、さあ」

「いい加減にしろ、おらッ」

と、ならず者たちが凄んで離れた途端、娘たちに、

「早く、逃げなさい」

サッと娘たちを押しやった。

それでも追おうとするならず者たちの前に、ずっと見ていた薙左が立ちはだかった。

「女を相手にみっともないと思わないか」

「なんだ、てめえは」

兄貴分が腕の入れ墨を見せて凄んだが、薙左は驚きもせず、

「俺か？　おまえたちに名乗ることもなかろう。これ以上、悪さをすると、またぞろ、その

腕に縞々が増えることになるぞ」

「なめやがって、このやろう！」

いきなり、匕首を抜き払って、薤左に突っかかってきたが、足払いをかけられて倒れた。

他の二人も匕首を手にして、本気で斬りかかってきたが、薤左の相手ではなかった。手首を摑むなり小手返しで倒し、次々と背中から地面に叩きつけた。そして、兄貴分の肘《ひじ》をねじ上げて、

「この女将さんの言うとおりだ。罰当たりなことをするんじゃない。まだ、やると言うのなら、俺が相手になってやる」

「しゃらくせえ！」

性懲りもなく他の二人が同時に、薤左を匕首で殺しにかかるが、瞬《また》く間にかわされて足蹴にされ、投げ飛ばされた。さらに、近くにあった棒を持ち出して、背後から殴りにかかってきたが、これまたひょいとかわして、二人を川に投げ飛ばした。

ドボンと激しい音を立てて落ちたのを、船から見ていた桃太郎が、

「後は任せな」

と声をかけた。

「おう。頼んだぜ」

　薙左は兄貴分の腕から匕首を奪い取るや、関節をギシッと極めて、頭から地面に這いつくばらせ、

「腕をへし折らねば分からねえのか？」

「いてて、放せ……いえ、は、放して下さい……」

「二度とつまらねえ真似をするんじゃねえぞ」

と突き放すと、自らよろりとつんのめって、そのまま中瀬川に落ちてしまった。

　その鮮やかな立ち回りを惚れ惚れと見ていたトキは、まるで自分がやったようにパンパンと手を払いながら、川で溺れそうに泳いでいるならず者たちに、

「今日はこのくらいにしといてやる。おととい来やがれってんだ」

　と言ってから薙左に頭を下げ、

「大丈夫かい、娘さん方」

　二人の田舎娘は、おなつとおはる、と名乗って、薙左にも頭を下げた。

「ありがとうございます。本当に助かりました」

「お強いんですね。惚れちゃいそう」

「女将さんも、ありがとうございました」

　などと矢継ぎ早に礼を言った。

「私は何も……」

とトキは薙左を見て、

「いや。大した腕前だが、あんたも昼間っから、ぶらぶらしているようじゃ、今の奴らと同じ手合い。浪人崩れかい？」

「そう言われては、身の置き所がありません」

「いい若い者が昼間から……もうすぐ暮れるが……無聊《ぶりょう》を決め込んでいるのは、みっともないことです。人助けをしたからって、いい気になるのではありません。まっとうに働く。それが一番ですからね」

薙左は肩すかしをくらったように、ちょっと調子がおかしくなったが、

「そうですね。ちゃんと働きます」

と適当に合わせてしまった。

「素直でよろしい」

トキはにっこりと笑った。四十と言っていたが、かつては色町で浮き名を流したのであろう。口元にできるえくぼが艶《つや》っぽく、黒い瞳も吸い込まれそうだった。

「ところで、あんたたち……」

とトキは、娘たちに声をかけた。

「あんたら、田舎から出て来たばかりかい」

「はい、そうなんです」

おなつが頷くと、おはるも同じように首を振って、

「遠い親戚を頼ってきたら、もう江戸にはおらず、思案に暮れていたところ……」

「あ、そう。だったら、うちに来なさい。夜露くらいはしのげる」

「本当ですか!?」

おなつとおはるは、手に手を取って軽やかに飛び跳ねた。

薙左はそんな気っぷのよい女将の姿を見ていて、胸がすうっとした。

「ほんま、雲行きが怪しくなってきた。はやく帰りましょう、帰ろう」

と空を見上げながら行きかけるのへ、薙左は頭を下げた。

「これこれ、侍がやたら頭を下げるもんじゃない」

「でも、お礼くらい……」

「いえいえ。礼をするのはこっちの方です。私はただの通りすがり……風水じゃ、今日は、この道が吉やったはずだけどなあ……はずれたか。アハハ。さ、行こ、行こ。この若い浪人さんかて、ちょいとええ男というのが曲者《くせもの》ですよ。いつキバを剝き出すか分からないから気をつけなさいよ。アハハ」

立ち去りながらトキは、何処から来たのかとか、仕事は何ができるのかなどと話しかけ、やはり風水の話に戻していた。

「信州か……そりゃだめだ。信州からの江戸は、今年は凶の方角や。大坂にしてたら、よかったのになあ……それでも、今年の幸せの色の帯に替えたら、運が変わる。さ、おいで、おいで」

と娘たちを誘って立ち去った。

蕭々と雨が落ちてきた。

六

お藤が花岡を尾けて来たのは、湯島にある療養所だった。蘭方医が武家屋敷を借りて営んでいる〝治療院〟で、ふつうの町医者のようにただ診立てて薬を出すのではなく、色々な病を根治させるということで評判の医者だった。

医者は、大下関前《おおしたせきぜん》と名乗っている長崎帰りで、上様の脈も取ったことがあるという名医である。

花岡は半刻（一時間）程前に屋敷の中に入り、すっかり日が落ちたが、なかなか出て来なかった。

「なぜ、こんな所に……」

待ちくたびれたようにお藤が張り込んでいると、花岡が女を連れて、冠木門《かぶきもん》をくぐって出て来た。

病のせいか頬は少し落ちているが、目鼻立ちが綺麗で、島田の髷も丁寧に結われ、櫛目《くしめ》も美しかった。上品な着こなしの紬《つむぎ》の小袖は、藤の花を彩ったもので、誰もが似合うものではなかった。

「ほら、富江《とみえ》……大丈夫か、手を貸せ」

と花岡はそっと手を握ったが、富江と呼ばれた女は、花岡よりも数歳若いであろうか。それでも三十路半ばだろうが、ほんのり浮かべた笑みには、まだ娘のような可愛らしさが漂っていた。

富江の手には杖が握られており、花岡がしっかりと支えている。その手つきは、長年してきたことで、すっかり慣れているようだった。

お藤が見ても、富江の目は不自由なようだった。しかし、まるで見えているかのようにしっかりと歩いており、黒い瞳は美しく輝いている。そして、常に穏やかな笑みを湛らしているからか、とても医者にかかる女には見えなかった。

「ここに段差がある。気をつけろ」

富江は手探りをしながら、しっかりと手を握りしめて、

「兄上……？」

「大丈夫だ。ここにいるぞ」

しっかりと頷いた富江は、まるで夫婦のように寄り添って、

「いつも申し訳ございませんねぇ」

「それは言わぬ約束だぞ、富江」

「はい。済みません……あら、私ったら、また」

と何がおかしいか、くくっと笑って、花岡の顔を覗き込むような仕草で見た。花岡はしみじみと見つめ返して、

「こうしていると、目が見えないのが嘘のようだ」

「うふふ。世の中、何もかもが綺麗に見えてよ」

花岡は辛く暗い表情だが、それをも見抜いたように、富江は微笑んで、

「そんな顔をなさらないで下さい。私は至って壮健でありますれば。目を除いてね」

「……無理をするな。おまえの白底翳《しろそこひ》は、心の臓の病からきた疲れによるもの。必ず治ると関前先生も言ってくれている。安静が一番だからな」

「大丈夫です。こうして、兄上と一緒にいられるのが、一番の安らぎなのですから」

富江は明るく笑いながら、

「でも、兄上の言うとおりですよ、いっぱい苦労を背負って貰わないと。一生背負っていって下さいな……でも、こんな妹がいるために、兄上もお嫁さんを貰えないから、可哀想」

「つまらぬことを言うな」

「でも……」

「いい医者が見つかって、金さえあれば、その目は治る。そしたら、また一緒に……」

と言いかけて言葉が詰まった。

「また一緒に、旅をしたいですね」

「ああ、そうしよう。住み慣れた、加賀に帰ってもいい」

「ええ。でも、私はこの診療所から、長屋までの道のりが、他のどの旅よりも楽しいのですよ。本当です。兄上と一緒にいることが」

「富江……」

花岡が手を強く握り締めたとき、富江が振り返って、

「そう言えば、仕官のお話はその後……？」

花岡にとって具合の悪い質問だったのか、一瞬、ためらったが、平静を装って、

「ちょっと手間取っているが、きっとうまくいく。今度は、御公儀に縁があるやもしれぬのだ。加賀藩の剣術指南役だったことを買われてな」

「まあ、御公儀に……それはようございました」

「…………」

「兄上ほどの腕も才覚もある人ならば、必ず成就しますとも」

屈託なく笑う富江の横顔を見つめていると、花岡は本当に辛くなった。

「……富江……御公儀と聞いて、何か言いたいのではないのか？」

探るような目で見やったが、富江は微笑んだまま、

「いいえ、何も。兄上こそ、体が一番。ご無理をなさらないで下さいね」

「ああ……心配するな」

そっと優しく富江の肩を抱くと、まるで仲のよい夫婦のように立ち去った。そんな二人の姿を見ていたお藤の胸には、温かいものすら湧いてきた。

「やはり、私の勘違いかしら。あんな人のよさそうな人が、付け火なんて、ねえ……」

だが、少しだけ打ち消すように、あのとき、火事場で見かけた花岡の様子や怪しげな態度、そして油の匂いを思い出していた。

「でも、人は見かけによらないというからねえ……」

お藤はためらいがちに、ゆっくり後を尾け始めた。

七

加治が、亡くなった大河内豊後の屋敷を訪ねたのは、俄雨《にわかあめ》の昼下がりのことだった。

「どうして、こう雨に祟《たた》られるのかな」

水に縁のある仕事だからかもしれぬと冗談を言いながら、加治は未亡人となった奥方の佳《よし》乃《の》に面談を申し込んだ。

加治と上品な武家女が向かい合っていると、どうも均衡が崩れて見える。

佳乃の方は、まだ夫を亡くして日が浅いのに、やはり勘定奉行という重職を担った旗本の妻の気丈さであろう。決して、人に弱みを見せぬ強靭《きょうじん》な魂があった。

「大河内様とは、うちのお奉行は碁敵《ごがたき》でしてね、顔を合わせれば、一局二局と進んで、徹夜をしても平気でした」

「はい……」

「どちらが強いか私は存じ上げませぬが、お互い譲らぬ頑固者で、傍《はた》から見ていても、おかしいくらい子供のようなやりとりをなさっていました」

「はい。存じております……」

思い出したのであろう、佳乃はうっとむせるようになって、涙を堪《こら》えた。

「これは、辛いことを思い出させました。まだ葬儀が終わったばかりだというのに、本当に申し訳ございません。大河内様は、自分でも碁の手筋の本を書かれていたと聞いております。それが日記代わりとのことですが、叶《かな》うならば、それを読ませて戴《いただ》きたいと、うちのお奉行が申しておるのですが」

「いいえ。戸田様が見られるような手筋ではないと常々、大河内は……」

「是非にお願いしたいのです。今となってはそれが、大河内様の最期の気持ちを知る上で、たったひとつの手立てでござれば」

「気持ちを知る、たったひとつの……？」

不安な顔になって見やる佳乃は、すがるような目になって、

「加治殿。もしや、大河内の死には何か曰くが……」

「大きな声では言えませぬが、お奉行はその節があると調べておいででございます」

「そんなことを……」

「どうか、よろしくお願いいたします」

そこまで加治に頼まれると、断ることはできまい。佳乃は改めて家中の者に届けさせると

約束をした。

その足で、加治は、鉄砲洲の『あほうどり』に戻った。またぞろ、姿を消している奉行からの報せがあるかもしれないからだ。

暖簾をくぐった途端、お藤が声をかけた。

「加治さん……」

「おう。何か言伝《ことづて》があるかい」

もちろん、戸田同様、船手の密偵として働いていることは承知している。

「どういうことです、加治さん？」

「え？」

「お奉行には、あれこれ文句を言いながら、加治さんは美しいどこぞの奥方と、真っ昼間から逢い引きですか？」

「え？　何を言っているのだ？」

「さくらが言ってました。どこぞの女を連れて、鰻屋に入るのを見たって」

それはまったくの嘘である。加治は大笑いでかわして、さくらが女将を怒らせるために出鱈目を言ったのであろうと話した。

「そんなことより……」

「残念ですが、加治さん。お奉行は、またぞろ姿を晦ましたままです」

「しょうがねえなあ」

「でも、勘違いなさらないで下さいね、加治さん。お奉行が町場をうろついているんじゃなくて、遊び人が船手奉行になったようなものですから」

「なんだか、何もかも知ってる口調だな。お藤……俺は、おまえさんがちょいと分からなくなったよ。もしかして、俺より、お奉行の方に惚れたか？」

「下らないことを言わないで下さいな。それよりも……」

お藤は、お奉行の昔馴染みが、目の不自由な妹を抱えて浪人暮らしをしていることや、その花岡という者が、付け火の疑いがあることを伝えた。

「お奉行の……」

「ええ。もちろん戸田様は、そのようなことで、罪を見逃すような人ではありますまいが、何となく気になりましてねえ」

「……俺も調べてみるか」

と言っているところへ、ぶらりと片山が入って来た。その後から、伊藤と弥七が尾いて来ている。加治は奥の小上がりに行って、燗酒《かんざけ》を軽く舐めていたが、色々と声が聞こえてくる。

「本当ですか、片山様！　やはり中村座は付け火だったのですね！」

伊藤が身を乗り出すようにして言った。

「さよう」

「しかし、先日、片山様は、付け火ではなく、ただの不始末だと……」

「そう言って噂を広めると、付け火の〝下手人〟は油断をするものだ」

「はあ……」

「失火としたのは表向きでな。内々に調べておったのだ……すると、火事の前後、あの芝居小屋辺りをうろうろしていた不審な侍が浮かび上がった」

「不審な侍……」

「その男が落としていったのがこれだ」

と薙左の財布を見せた。縞柄の厚手のものである。それを見たお藤は、

「あれ？」

と、まじまじと見た。それは、薙左の父の形見であることを承知していた。しかも、あの神社の境内で、佐渡吉が掏ったのも、お藤はちゃんと見ている。

——つまりは、片山と佐渡吉がグルだってことだ。

と思ったが、黙って見ていた。

「よいか。恐らく付け火の下手人はこやつだ。草の根を分けても探し出せい！　そやつは、

もしかしたら……この辺りをうろついている奴で、中瀬川にもちょくちょく行っている若侍かもしれぬ」

片山はわざとらしく言って、財布をこれみよがしに、伊藤に渡した。

お藤はたまらず、

「ちょいと片山様……その財布、見せて下さいな」

と財布をガバッと摑んで見た。やはり、薙左のものだと確信したが、相手の出方を見るのも悪くあるまいと、黙って眺めていた。

「ふ〜ん。なかなかの上物ですねえ」

「見たことがあるのか？」

「さあねえ……何処にでもあるっていえば、あるんじゃありませんか？」

「そうか。女将の顔見知りなら、探索も早くできようってものだ。思い出したら、いつでも俺に声をかけてくれ」

と睨みつけるように言うと、

「伊藤！　ぐずぐずしてないで片づけろ」

「は、はいっ！」

片山はニンマリ笑うと、財布を摑み取って、飄然《ひょうぜん》と立ち去った。

奥の小上がりで、燗酒をやっている加治のそばに、ゆっくりと近づいた伊藤と弥七は、なんだか妙な塩梅になったと囁いた。船手を目の敵にしていたものの、片山の様子に、伊藤はどうも違和感を抱いているようで、

「加治の旦那……片山様にはああは言ったけど、さっきの財布……もしかして、早乙女ののじゃありませんか？　一度、見たことがあるんですよ」

「そうだよ」

と加治はあっさりと言った。

「じゃあ、どうして……」

「言い返さないのかって？　薙左がそんなことをするわけがないと、こっちは分かっていることだ。第一、おかしいではないか」

「へ？」

「あの火事が起きたとき、薙左はここにいたではないか。おまえたちもいただろう」

弥七も思い出して、

「あ、そうか。そうでやすよねえ……てことは、片山様はわざと、早乙女をやってもねえ罪に陥れるために？」

「やっと自分の頭で考えたな」

伊藤が弥七の頭を揺さぶると、

「ああッ。忘れるから振らねえで下さいよ」

「バカ。船手より先に、本当の下手人を探し出して、褒美を貰うぞ」

と駆け出していく伊藤を、またまた弥七が追いかけた。

「あいつら、バカなのか、利口なのか、さっぱり分からないな」

加治が溜息をつきながら酒を飲むと、その後ろに、さくらも来て、

「女将さん……やはり、あの火事には何か曰くがあるの？」

「ああ、聞いてたの」

「薙左さん、本当に何もやってないでしょうね。私、心配になってきちゃった」

「あんたもバカだねえ。何を聞いてたのよ。その頃、薙左さんはここにいて、私が火事を見に行ったでしょ？　その時に、怪しい人も見つけた」

「……でも、罠にはめられたらって考えると……だって、あの片山って同心は、今までも、無実の人を三尺高い所に上げたって人よ。これは何かの罠……罠だよ」

「さよう。さくら、おまえが案じなくとも、俺たちがきちんと解きほぐすよ」

と加治が、お藤に杯を出すと、しぜんに銚子を傾けた。その仕草が、あまりにもお似合いなので、さくらは少し妬《や》いたように微笑んで、

「あらら。二人で黄昏《たそが》れちゃって、怪しいんだ。まあ、でも二人はお似合いよ。いっそのこと夫婦《めおと》になりなさいな。ゴマメちゃんの方は、私が面倒見るから。トドさんは、誰も御免ですけどね」

そう言ったとき、店先を見やって、

「ほら、噂をすれば影だよ」

ドキンと見やったさくらは、少し複雑な顔になった。まさしくトドのような格好の戸田を目の当たりにして、どう対処してよいか分からなかったからである。そんなさくらを、お藤は店の外に押しやって、

「ちょっと大事な話があるから、あんた、団子でも食べて来なさい」

と小銭を握らせた。

「え、なんで？」

「いいから。大人同士の話なんだから」

だが、団子の言葉に惹かれたさくらは、軽やかに飛び出して行った。

お藤は戸田を招き入れると、

「お待ちしておりました。さあ、お入り下さいませ」

とすぐさま、いつもの冷や酒を出した。

「……何か分かった顔だな」

奥から顔を出した加治も、その隣に座って、

「お奉行……お藤から聞きましたが、花岡喜久馬……元加賀藩剣術指南役……付け火の疑いのある浪人者は、たしかにご当人だったのですか？」

「親友の顔を見間違うわけがない。ああ、何年経ったところでな」

「それほどの方がどうして……」

「さあな。ただ、加賀藩江戸上屋敷に問い合わせたら、花岡のその後のことが、あらかた分かった」

「…………」

「奴は、剣術指南役として勤めて後、藩の郡《こおり》奉行もやっていたが、その折、上役と刃傷沙汰を起こして、五年も前に出奔しているのだ。親や親戚からも勘当されてな……国を出てからのことは誰も知らぬらしい」

戸田は自分のことのように、辛そうに話した。

聞いていたお藤は、こくりと頷いて、

「もうひとつ分かったことがあります。あの人の妹さんは、時々、大下関前という蘭方医の療養所に通っております。住んでいるのは、お奉行も見た、あの長屋です」

戸田は驚きを隠せず、むしろ狼狽《ろうばい》して、

「富江が？」

と聞き返した。

いかにも親しげに呼び捨てにした言い草が、加治とお藤には気になった。お藤は、ちらっと見つめ返して、

「妹さんも知ってるんですか？」

戸田はなぜか目を逸らして、

「あ、ああ。そりゃ親友の妹だからな、幼い頃から、見知っておる……で、富江は一体、どこが悪いのだ？」

「心の臓を患った上に、長年の疲れや滋養の不足などが重なって、目に負担がきたようです。ほとんど光を失っているらしいです」

「目が……」

戸田の頬は引き攣《つ》って、木刀で打たれたように仰《の》け反った。

「治らないのか？」

「長崎まで行けば目の名医がいて治るそうです。でも、そこまで行くには、妹さんの体が保《も》つかどうか」

「…………」

「ですが、そのために花岡さんは、お金を作ってるんですって」

「金をな……」

と目を伏せた戸田は、うつろになりながらも、

「お藤……いずれにせよ、奴が身を持ち崩しているのは確かだ。付け火……いや、大河内豊後様殺し……そして抜け荷にまで、手を貸していたとしたら、俺とて、どう頑張っても庇えるものではない」

もしかしたら、前々から、戸田は親友の花岡が、抜け荷に関わっていると勘づいていたのではないか。それゆえ、自ら町場に身を隠してまで、密かに探索をしていたのではないか。

加治はそう察したが、口には出さなかった。

「お奉行……ここから先は、私に任せてくれませんかね」

「む？」

「親友のこととなったら、尚更だ。お奉行が手心を加えるとは思いませんが、真実を見失っても困ります」

「そんなに俺が頼りないか、加治……」

「そういう訳では……」

「ならば、船手奉行としての務めをまっとうするまでだ。相手が誰であろうとな」

決然と言った戸田の顔つきを見ていて、

――まだ何か隠していることがありそうだ。

と加治は感じていた。それは、おそらく、妹の富江と関わりがあるのであろう。病と聞いたときの戸田の驚きようは、ただ事ではなかったからだ。

「お奉行……ならば、私とひとつだけ約束をしていただけませぬか？」

加治の提案に、戸田は何なりと言えと答えた。

「ご自分の奉行職を賭ける真似はしないで下さい……戸田様に船手から去られると、ますます町奉行所から睨まれますので」

にっこりと加治が笑いかけると、戸田も目尻に皺を寄せて苦笑した。

八

「あっ。やっぱり、ここにいやがった！」

弥七が転がり込むように、川岸から桃太郎の船に乗り込んで来た。

中瀬川の桃太郎の船で、釣って来たばかりの真蛸の茹《ゆ》でたてを、何もつけずに食べていた薙左を見つけたのだ。蛸壺ではなく、イシテンヤという仕掛けで、石蟹を餌にして釣り上げたものである。

「こらッ。ここは船じゃない。おまえは人様の家に土足で上がるのか！」

と薙左が怒鳴ったので、思わず弥七は飛び跳ねて履き物を脱いでから正座した。桃太郎はそう堅くなることはないと、優しく対処してくれたが、弥七は体を震わせて、

「て、大変なことになりやがったぞ」

「弥七親分。どうしたんだね、そんなに血相を変えて」

「どうしたも、こうしたもねえ。おまえのことを南町が捕らえようとしてる。付け火はおまえの仕業だってな」

「そんなばかな」

桃太郎も一笑に付した。

「俺だってそう思うよ。だがな、片山様は、証を握ってんだ。火事場に落ちていたっていう、おまえの財布をな」

「ハハン。そういうことか。あの掏摸はそれが狙いだったのか」

「掏摸？　掏られたのか⁉」

「大事な形見でね、困ってたんだよ」

「本当だな」

「ああ」

「でも、安心はできねえ。悪名高い南町筆頭同心の片山様のことだ。何を言い出すか分かったものじゃねえ。それに……」

俄に弥七は声を潜めて、

「伊藤様の話じゃ、片山様は前々から、中瀬川の『桔梗』という料亭に出入りしていて、身分の高そうなお侍と密会を重ねていたらしいぜ」

「中瀬川の『桔梗』……そりゃまた敷居の高い料亭だねえ」

と桃太郎が答えた。

ああ……と薙左は思い出した。先日、田舎娘を助けた、あの女将の店だ。

「だが、弥七親分……」

そんな話をしたら、おまえこそ片山様に消されかねないぞと薙左が諭したが、幾ら性悪の岡っ引でも、明らかに薙左が付け火をやっていないことを承知しているから、どうしても味方をしたくなったのだ。

「弥七親分。あんたもいいところがあるじゃないか。伊藤様の提灯持ちなんざ辞めて、早乙女の旦那に乗り換えたらどうだい」

桃太郎がからかうように言うと、そんなことをしたら殺されると、首を振って、

「とにかく、『桔梗』は幕府の身分の高い人とか、豪商しか使わねえ店だ」

「そこで、身分のある御方と？」

「ああ、早乙女の旦那。この際、余計なことにはもう関わらない方が……」

「なるほどな……」

薙左は、船から見える『桔梗』を見やった。

「事のついでだ、弥七親分。あんた、このあたりじゃ顔なんだろう？　どっかの口入れ屋にでも頼んで、あの『桔梗』に奉公を頼んでくれないか。用心棒でも下働きでも、ああ、板前の真似事でもいいから」

「まさか、旦那……」

「乗りかかった船だ。なあ、弥七親分。伊藤の旦那に初手柄を立てさせてやろうじゃないか。言っとくが、俺は手柄には興味がない。ただ、悪い奴を燻り出したいだけなんだ」

薙左の決意とは裏腹に、弥七はぶるぶると顔を横に振って、

「いや……俺は遠慮しとく」

「意気地がねえな。その十手は何のためにあるんだ？」

と桃太郎が茶々を入れて、

「正直者がバカを見ることだけは許せねえ。そんな世の中だけにはしたくねえ。本当は、そう思ってるんじゃねえのかい」

「全然……」

弥七はそう言うと、その場から逃げ出した。

「なんだ、あいつ」

桃太郎は茹で蛸にパクリとかぶりついたが、薙左は対岸に聳《そび》えるようにある、立派な料亭『桔梗』の二階を、じっと見上げていた。


その夜、柳橋の一杯飲み屋から、徳利を肩にぶら下げて出てきた花岡に、すうっとひとつの影が近づいた。

とっさに避けた花岡だが、すれ違いざまにぎゅっと手を握られた。

「おや？　お兄さんじゃないかい？」

花岡は怪訝そうに振り返ったが、お藤のことを覚えている節はない。

「お兄さんでしょ？　ほら、堺町の火事のときに会った」

ギクリとなって睨んだ花岡の目には、鋭い嫌悪が澱んでいた。

「お陰で助かりましたよ。あのまま向こうへ行ってたら、私も火事に巻き込まれていたに違いありませんからねえ」

　と甘えた声になって、お藤はそでを搦《から》めるように、

「ねーえ。ここで会ったも千年目の縁《えにし》。どこか静かな所で、一緒に飲み直さないかい？　あたしも今日は……ねえ」

「ふん。何が狙いだ」

「あら。女が一目惚れしちゃ、いけないのかい？　恥をかかさないでおくれな」

　花岡はまじまじとお藤を見て、

「なるほど。なかなかの美形だが、俺は女に不自由はしておらぬ」

「身を任せると言ってもかい？」

　触れなば落ちんとばかりに、少し蓮っ葉な感じになるお藤を、酔っている花岡は、まるで楽しむように見ている。

「俺は女が嫌いなんだ」

「え？」

「面倒で厄介で、泣きゃあ、何でも収まりがつくと思ってやがる。俺は生涯、女房を貰える身ではない。ふん……妹があんな目に遭ってるのに俺は……はは、俺もつくづく下らぬ男だな。ええ？」

「はあ？」

「……いや、何でもない。尾いて来るならば、来い。おまえのようないい女に、一目惚れしたと言われれば、悪い気はせぬ。男が欲しいのなら抱いてやってもいい」

「お兄さんこそ、見れば見るほど、いい男」

「ふん」

「まるで……」

探るように見て、お藤は続けた。

「まるで、船手奉行の戸田泰全様とは、全然、違う」

ギクリと見た花岡は、警戒するような目になった。

「ええ。ちょいとね。私は、船手奉行所のすぐ近くで、『あほうどり』という小料理屋をやっているんですよ」

「そんな所の者が、何故、柳橋など……」

「あら、いけませんか？　私にだって、色々とご贔屓《ひいき》がね」

「そうか……戸田を知っているのか」

花岡の目が俄に鋭くなり、お藤を突き放すように離れて、

「なにが名奉行だ……奴は、金に目が眩んだ人でなしだ」

意外な顔になって、お藤は凝視した。

「人でなし？　戸田のお奉行様がですか？」

「上っ面だけ見ていても分からんさ。現に俺の妹は……あいつに人生をめちゃくちゃにされたんだ。ああ、酷いものだ」

「本当ですか？」

「嘘をついたところで何の得がある」

「なんだか、訳ありのようですねえ……もし、よろしければ、お酒のお相手になりますよ。夜は長いのですから」

お藤はそっと寄り添ったが、花岡は胡散《うさん》臭いと思ったのであろう。

「うせろ！」

と、もう一度、突き飛ばし、それから、まじまじとお藤を見つめてから、

「戸田は……本当に酷い男だ……あんな奴が、いまだに奉行をしているのだから、世の中ってのは、おかしなものだ」

花岡は自嘲《じちょう》気味に笑って、

「そうか……戸田泰全の知り合いか……ならば、会ったときに伝えておけ」

「………」

「おまえのせいで、富江は何度死のうと思ったか……何度……ああ、奴のせいで、妹は心の臓を患い……今や目までもな……ふはは、ははは……」

ふらふらと立ち去る花岡を、お藤は少し切なげな目で見送った。

その先に、桜並木があって、咲き残った花が咲いている。葉桜の間で、ほんの少し遅く咲いた花が、ぽつんと一輪だけ、咲いている。

──なんだか、あのときに見た、富江という人みたいだ。

と、お藤は思った。

第四話　逃げ水

一

下弦の月が浮かんでいる中瀬川の川面に、小石が飛んで来て水の輪が広がった。料亭『桔梗』の二階から、芸妓が戯れに投げ落としたのである。

夜になると昼間の穢《けが》れがなくなるのか、闇の中に潜んでいた聖なるものが溢れてきて、そこかしこに蛍のように飛んでいる。決して美しくもない中瀬川が、別の浮世のようにきらきらと燦めいていた。

黒塀に囲まれたいかにも立派な店構えの料亭で、格子門を抜けた所に石畳があり、その奥が玄関になっている。

玄関からすぐ広い座敷があって、美しい金銀の襖《ふすま》があり、これが不思議なくらい招かれた人を落ち着かせる。狩野山雪《かのうさんせつ》が描いた梅の木らしい。

その奥にも座敷が広がっており、さらに奥には離れへと向かう廊下が続いている。二階へ続く階段を上ると、座敷には床の間があり、程よい所に屛風《びょうぶ》や箱火鉢などが設《しつら》えられてある。

二階の座敷からは、手摺り越しに中瀬川が眺められ、対岸には小さな漁船がずらりと並んでいるのだが、月光を浴びて、これがまた不思議な風情を醸し出している。宵が更けても、この奥座敷からは、芸者衆の嬌声が聞こえていた。

上座に座っている片山がひとりで、お駒《こま》やお蝶《ちょう》、舞い踊る芸者数人を相手に、名調子で合わせて謡《うた》いながら酒を飲んでいる。

ほろ酔い加減で、紅潮した頬の片山は手を叩き、

「それ、踊れ。こりゃ、踊れ……ははは。おい、そこの女。こちらへ参れ。遠慮するな……可愛がってやるゆえ、ほれほれ……」

お駒がキャハハと笑いながら、

「柳橋芸者の綺麗どころばかりですからね。簡単には落とせませんことよ。ささ」

と片山に扱《しご》き帯で目隠しをすると、他の芸者衆たちはふざけながら、

「鬼さんこちら。手の鳴る方へ」

と誘い始めた。

お蝶は、まさにその名のとおり、ひらひらと舞いながら、

「片山様！　さ、摑まえて下さいまし、さあさあ！」

「おうおう。俺は南町筆頭同心なるぞ。悪い奴を捕まえるのが仕事じゃ……ははは。男を弄《もてあそ》ぶ悪い奴はどいつじゃ……おまえか……それとも、おまえか。これ待て、ほら待て、ちょっと待て……」

遊んで追いかけていると、階段から頭巾の老中・松平対馬守が現れた。そうと知らず、

「ほれ、捕まえた！」

と松平に抱きついた片山は、何か変なので、とっさに離れて目隠しを取ると、

「これは……これは、ご無礼を致しました。平に平に……」

大袈裟に土下座をした。

松平は頭巾を取って、淡々と見下ろし、

「羽目を外すのも大概にせよ」

「も、申し訳ありません……」

松平は冷ややかに、芸者衆に下がれと命じた。

すぐさま、芸者衆が深々と一礼をして立ち去ると、入れ替わりに、いかにも豪商風の恰幅《かっぷく》のよい男が、松平の後から入ってきた。

廻船問屋・相模屋《さがみや》徳右衛門《とくえもん》である。

さらに、その後からは、花岡喜久馬と佐渡吉が入ってきた。

上座に座った松平は、叱責するように片山に、

「こんなに浮かれておって、どういうつもりじゃ」

片山は下座に控えたまま、

「申し訳ございませぬ」

と謝ったが、相模屋も傍らに座りながら、

「あまり目立ったことは、お控え下さいませ、片山様」

佐渡吉は廊下に近い所に正座し、既に少し酔っている花岡は、片隅に立ったまま、窓から川の様子を見ていた。

「花岡。まあ座れ。ここは我が家も同然。聞き耳を立てる輩などはおるまい」

と松平が声をかけたが、花岡は無言で片隅に刀を抱えたまま座った。

「ふむ。偏屈なやつよ……まあよい。大河内豊後は、付け火による焼死とカタがつき……これで悪の芽をひとつ摘むことができたというわけだ。のう、相模屋」

「はい。これも、ご老中、松平対馬守様のお力があったればこそにございます」

片山と相模屋が頭を下げるのを、花岡はまるで卑しい者でも見る目つきで眉間に皺を寄せたが、女中が運んで来た酒をぐいとあおると、また外に目をやった。

松平は気にする様子もなく、相模屋の声に頷いて、

「さよう。大河内豊後は、船主株仲間から莫大な賄《まいない》をせしめていた、銭の亡者だ。だからこそ、船主株仲間の解散に反対していたのだ。花岡……おまえが憎んでいる戸田も、その仲間だ」

「分かっている。そうでなければ、おぬしたちと手を組んだりはせぬ」

「これ。無礼ですぞ」

相模屋は松平を気遣って、花岡を制した。そんなことが言えるのは、元々、相模屋が花岡を用心棒として雇っていて、松平を紹介したからである。

「よいよい、相模屋。こやつとて、我らと同じく、戸田の不正に怒りを抱いている正義の同志じゃ。そうであろう？」

と松平は逆に花岡を援護するように言った。

徳川御一門の松平が、花岡を持ち上げるのは、加賀藩剣術指南役で、御前試合で勝ち残り、上様とも面識がある人物だからである。

「で……戸田はどうしておるのです」

と花岡が訊くと、松平が答えた。

「謹慎を命じたが、奴のことだ。このまま黙って引っ込んではおるまい」

「そのとおりでさ」

と佐渡吉が調子よく言った。

「実は……早乙女という船手奉行所の同心が、しつこく焼け跡などを嗅ぎ廻って、何やら大事件が背後にあるとかいって、南町の同心を煽ってやした」

「伊藤をか」

片山が訊くと、相模屋が怪訝そうに、

「南町の同心を？　まさか、片山様……そやつ、寝返るつもりじゃないでしょうな」

「寝返るもなにも、奴は何も知らぬ」

「ですが、あなたの手下ですぞ。きちんと手綱《たづな》を締めて貰わねば困りますな。もしや、奉行の戸田に籠絡《ろうらく》されたりすれば、面倒でございましょう」

話を聞いていた花岡は、自嘲気味に笑って、

「戸田めが！　己のやっていることを棚に上げおって……いずれ、奴は俺が叩き斬ってやるから、安心しろ」

「まあ落ち着いてくれ、花岡殿」

と片山が声をかけた。

「その早乙女から、佐渡吉が掏り取った財布を動かぬ証拠として、一芝居仕組んでおるところだ。戸田を斬るのは、それからでも遅くはない」

「下らぬ。そんな子供騙《だま》しが通じるか」

冷静な花岡に、松平も少しばかりカチンときたようだ。が、今のところ刺客として使えるのは花岡しかいない。好き勝手にさせておくしかなかった。

そこへ、女将のトキが、

「よう、おこしやす」

と京訛《なま》りの言葉で入ってきた。おこしやすは常連相手。おいでやすは一見《いちげん》の客と相場が決まっている。『桔梗』にとって、松平たちは上客とみえる。まるで祝い事のような角樽《つのだる》を運んできていた。

「これはこれは、松平様。ご無沙汰しておりました」

トキが頭を下げると、松平は相好《そうごう》を崩して、

「何を他人行儀なことを……」

と花岡に向かって、

「この女将はな、風水の力で、あの水野忠邦様を、老中筆頭に成り上がらせた女でな、幕閣連中も頭が上がらぬ」

「ほう……それは俺もあやかりたい」

「そんなことはありません。水野様はたまたまご幼少の頃から、お父上様に連れられてうちへ遊びに来て下さっていただけです」

とトキは必要以上にへりくだった。

「いやいや。悪さをしたら、きつく叱ったり灸《きゅう》をすえたり、大層な女傑ぶりだったとか。と

にかく怒ったら怖い。それゆえ、水野様は今でも、ここへ来れば、借りてきた猫だ。あの天下人がだぞ。ふはは」

「勘弁して下さい、松平様。で、今日は……」

　花岡や佐渡吉を見やって、

「何のお集まりでございますか？」

「うむ。幕政のことを色々とな。頭がこちこちの幕閣だけでは、まこと民のためになる仁政を施すことができぬ。町場を自ら視察することもまた、政を預かる者の務めゆえな」

「ああ、なるほど。世のため人のため、精一杯、きばっておくれやす」

　と肝心なところでは、また京風の言葉を出す。これがトキの癖らしい。

「女将に言われると、やらねばなるまい……」

　と松平は一同をじろりと見回して、

「それがためには、分かっておろう……あやつを始末せねばならぬ」

「始末……これまた、物騒なことを」

　トキが大袈裟に驚いて見せると、松平は大笑いをして、

「言葉の綾《あや》じゃ。気にするな」

　と言ったとき、廊下で騒がしい音がして、店の印半纏《しるしばんてん》を着た若い衆二、三人に追われるよ

うに、見かけぬ若者がやって来た。着流しの薙左だった。

「こら、こら。何処へ入ってるんだ」

追って来た店の若い衆が、若者を羽交い締めにした。

びっくりして廊下へ出たトキは、

「なんですか、騒がしい」

「はい。こいつが、口入れ屋からの口利きで、板前として雇ってくれと」

と若い衆が答えたので、薙左は腰を屈めて、

「よろしくお願いいたします」

「その話なら断ったはずですがねえ。うちには、いい板前が……」

と薙左を見て、あっと指さし、

「おまえ様は……あのときの……ああ、そうですか。まともに働く気になりましたか」

薙左の方は承知していたが、今気づいたように驚いて、

「ああ、あなたが『桔梗』の女将さんでしたか」

「またまた、わざとでしょうが。私は、あのとき、ちゃんと名乗ったはずですよ。もっとも、ならず者たちに対してですけどね。はは、あんたは気持ちええ男前やから、使うてあげましょう。先頃の、あの娘たちも、女中として働き始めてますえ」

なぜだか浮き浮きしていた。女将らしい口調になったトキは、若い衆に、薙左に半纏を与えて、まずは皿洗いからさせてみなさいと命じた。

その一部始終は、障子戸を隔てた片山や佐渡吉からは見えない。もっとも、さほど言葉を交わしたわけでもないし、片山は酔っているから薙左だと分からないかもしれぬ。

トキは座敷に戻ると松平に向き直って、

「ここではなんですから、御前様。離れに別の宴席を設けておりますので、ささ、どうぞ、どうぞ」

と女中に案内させた。

廊下の片隅に控えていた薙左は、松平たちが奥へ導かれるのを、その顔を確認するようにじっと見ていた。

席を立った花岡が、一瞬薙左を見た。薙左も見返したが、花岡は気づく様子もなかった。このような所に、船手同心が来るとは思ってもみないのであろう。

だが、佐渡吉の目がキラリと光った。

去り際、じっと見ていた佐渡吉が、片山に囁いた。

「片山様……飛んで火に入るなんとやらですぜ」

「ん？」

「あいつですよ。船手の若造」

「なんだと……俺たちのことを調べに来やがったのか……」

チラリと振り返って、

「目を離すな、佐渡吉。もし、奴が何かしでかそうとしたら、構わぬから、消せ」

片山は松平について行ったが、佐渡吉はすっと、そのまま二階の隣室に隠れた。

薤左は佐渡吉の動きに気づいていたが、素知らぬ顔をしていた。下手に動いて困るのは、片山たちだからである。

「御前様とは……女将さん、先程の偉そうなお武家は、どういう御方なんです？」

「余計なことはいいから。板前になりたいというなら、早速、腕前を見せて貰いましょう。どうした、自信がありまへんのか？」

「いいえ。望むところでございます」

トキはさりげなく、階下の厨房へ誘《いざな》った。そして、他の板前が仕事をしている合間に、トキ自らがその腕を試した。

「何処で修業をしてたんだい」

「はい。色々な武家屋敷で少々」

「武家屋敷……ならば、庖丁術は達者なんだろうねえ」

「はい。四条流を嗜《たしな》みました。庖丁道は武士道ですから」

出刃庖丁、柳刃庖丁、剝きもの庖丁などを駆使して、鯛を手始めに、鯵や鯖、海老や蟹、鮑や栄螺に至るまで、見事な手つきで捌いた。この程度のことなら、船手同心なら当然できることだった。海洋に出れば、長い間、船の中で暮らすことになる。漂流するわけではないが、時に自分で魚を釣って、その場で調理することもあるからだ。

「なかなかのものですねえ。これは楽しみです。じっくりと見せて貰いましょう」

薙左はさらに襷《たすき》を縛り直すと、すっと庖丁を取り出した。

トキが若い衆に運ばせて来た鯉を差し出すと、薙左は、格式張った庖丁術で、手早く披露した。魚には手を触れず、庖丁と箸だけで魚を捌く術である。

「ほう……なかなか大したものです。庖丁捌きをみれば、料理人の腕が分かるってものですが……なるほど」

と膝を打って、トキは陽気に言った。

「気に入りました。雇いましょう」

「ありがとうございやす」

「ここで会ったのも何かの縁ですから、私がみっちり仕込んであげます。庖丁道は武士道。その言葉、忘れませんよ。ですから、浪人暮らしなどからは、きっぱり足を洗って、まっとうに暮らしましょう」

「肝に銘じます。ですが、女将さんは……よほど、浪人とかならず者が嫌いなようですね。好きで浪人をしたり、ならず者になる者も少ないと思いますが」

「好きで……」

一瞬、トキの表情が曇るが、すっと立ち上がって、

「まあ、余計な話はいいから……そうですね。今しがた離れに行った大切なお客様に、その腕を振るって貰いましょうか」

「はい」

途端、廊下から見ていた、女中姿のおはるとおなつが飛び出て来て、薙左に駆け寄った。明るい色柄の着物と帯になっている。それだけで、随分と垢抜けて見えた。

「よかったね。ええと……名前は？」

「え、ああ……新兵衛でいいです。新しいに兵衛」

「で、いいですって、変なの。でも、これで私たちと同じ奉公人だね」

「ああ、おまえたち、あの神社の……」

「女将さんのお陰……へへ、似合うでしょ？」

「そうか、よかったな。風水で吉方に変わったわけだ。はは」

はしゃぐ女中たちと立ち去る薙左を見送りながら、トキはぽつりと呟いた。

「不思議な奴や……どことのう、死んだ息子に似てる」

一瞬、遠い昔の思い出を手繰《たぐ》り寄せたトキだが、払うように首を振って、散らかったままの食膳を片付け始めると、柱の陰に潜んでいた佐渡吉に気づいた。

「こら！　そんなとこで何をしてるんだい！」

とトキが声をかけると、佐渡吉はドキッと飛び上がって、

「あ、いえ……」

「私を覗き見して、どういうつもり？　おっぱい吸いたいんか？」

「け、結構です」

「だったら、とっとと出てけッ。頭、カチ割るぞ、こら！」

徳利を振り上げられた佐渡吉は、「ひぇっ」と悲鳴を上げて、こそこそと奥に逃げていった。

その野良猫のような態度を見て、

「ふん。おかしな奴だこと……」

トキも佐渡吉が、薙左の様子を窺っていたことは察し、松平の連れゆえ、あえて問い質さなかったが、嫌な予感だけはしていた。

静かに夜は更けてゆき、あちこちで三味線や小唄の声が響いていた。

二

松平と片山、相模屋たちが帰っても、花岡と佐渡吉だけは居残った。花岡はただ、

「もっと飲みたい」

というのが理由で、佐渡吉は片山に薙左を張れと命じられてのことだった。

二階の座敷で、すっかり消えてしまった料理屋の窓の灯を見渡し、月も傾いて暗くなった川面を酒のアテにして、花岡はひとりでちびちびやっていた。

「おや、びっくりした……」

座敷に踏み込んだトキが胸を押さえて驚いた。真っ暗だし、まさか、そこに人がいるとは思っていなかったからである。

「魚を釣る川の民が、すぐそこで暮らしている。なのに、俺たちは河岸を隔てただけで、かような贅沢なものを食べておる」

「はあ？」

「その川から、この座敷に移っただけで、鯛や鰹が何両にもなる。なあ、女将。あんたも阿《あ》

漕《こぎ》な商売をしてるな」

「どうしてです？」

「そうは思わぬのか」

「まったく。私は右のものを左へ移して、銭を稼いでるのとは違います。戴いた魚を、他人様の口においしく食べられるよう料理して、他人様が楽しい思いをするように工夫して、銭を貰うのです」

「………」

「旦那は、目に見えないもんには、金を払わないお考えですか？」

「目に見えないもの……」

「たとえば、まごころはどうです？　人の心のなすことだから、目には見えませんしねえ。でも、たった一言、たったひとつの行いが、心に染みて、嬉しいことがおありでしょう。それが、まごころ。その見えないものへの感謝として、銭を払ってもいいのではないですか？」

「まごころねえ……」

「はい」

「それがあれば、奴も、もっと人として、まっとうに生きていくかもしれぬな」

「奴も？」

「いや……愚痴はいかん」

「……あんた。病人みたいな顔してますなあ」

「酒をくれ」

と空になった銚子を振るのを、トキは受け取ったが、

「飲むのはええが、飲まれるのはよくありませんよ」

「いいから、くれ……」

「あなたは……用心棒ですか、御前様の？」

花岡は深い溜息をついてから、窓の外を見やって、

「まあ、そんなようなものだ」

「だったら、お屋敷までついて帰らなくてよいのですか？」

「堅苦しい所は嫌いでね」

残りの銚子をあおってから、ごろんと横になった花岡はぽつりと、

「――泰全……」

と呟いた。

「船手奉行の戸田様とは古いお知り合いなんやてな。芸者衆が言うてはった」

「知り合い？　ふん。大の親友だったよ」

「ええ？」

花岡はさらにぶつぶつと続けて、

「もう十……十五年も前の話だ……俺と泰全は、剣の修業も勉学も、兄弟みたいに毎日毎日、一緒だった」

「へえ。旦那も偉い人なんだ」

「いや、大したことはない。お互い、公儀の貧乏旗本でな……俺は後に加賀藩に仕官して、立場は違ったが、なんとなく気が合ってな、毎日のように飲み歩いてた。奴は勉学もできるし、剣術も凄い。いや、剣術なら、俺の方が一枚か二枚、上手だったが……それでも気迫は、奴の方が強かったかもしれぬ」

「…………」

「奴はいい男だ。素晴らしい奴だ。そう思っていた……あの事件があるまではな」

「あの事件？」

トキが不思議そうに首を傾げると、呼び水に引き寄せられるように、花岡は話し始めた。

「奴には、本気で惚れていた女がいた。俺の妹……富江だ」

「あなたの妹……」

「ああ。富江も、泰全のことが、心の底から好きだった。だから、俺は、泰全ならば、妹をやっていいと思っていた。それが一番の幸せだと思っていた」

「………」

「奴に、義兄《にい》さんなんて呼ばれると気色悪いがな。だが、妹はそれを一番、望んでいた」

「一緒にならなかったのですねえ」

花岡は深い溜息をついて、ごろんと寝返りを打って、トキに背中を向けた。その背中が小さく震えている。泣いているようにも見えた。

「兄ひとり、妹ひとりの……たった二人の兄妹《きょうだい》なんだ……俺たちは、親父とおふくろに幼い頃に病で死なれたから、ほんとうに二人きりで育ってきた」

「………」

「だから、遠縁にあたる加賀藩の家臣に引き取られて、剣術だけを支えに生きてきた。妹も、泰全のことを、兄の俺以上に信頼していた……しかし、奴は妹を選ばなかった」

「………」

「奴は……ちょいとばかり、身分の高い旗本の娘を女房に貰った」

と花岡は、その言葉を何度か繰り返して、

「身分の高い旗本の女房……それは、奴が出世したいがためだった。旗本に生まれたからには、奉行にならなくてなんとする……だから、その女と一緒になって……妹の富江は棄てられたんだ」

「…………」

「俺は腹が立ったから……妹の不幸だけは見たくないから……だから俺は、泰全に果たし合いを申し込んだ。義兄弟の縁を切るくらいなら、泰全を斬る、とな」

「闘ったのですか」

「ああ。闘った……だが、奴は……俺にわざと負けやがった」

「わざと……」

「本当は奴の方が、一寸先に俺のここを斬っていたはずだ」

　と首を撫でるように触った。

「だが、奴は寸止めしやがった。だから、俺が負けているのだが、立会人には、俺の突きが先に入ったように見えた。もちろん真剣勝負だ。切っ先は、奴の脇腹を剔《えぐ》ったよ」

「…………！」

　泰全が血だらけになって倒れたのを、いまだに覚えているという。

「奴はそうまでして……妹が欲しくなかったんだ……そのとき、妹は叫んだよ。斬らないで、泰全様を斬らないでってな」

「…………」

「奴らしい……それが奴らしい勝ち方だったんだ」

「奴らしい勝ち方？」

「上っ面だけの男よ……いい格好をしたいだけなんだ。肉を切らせて骨を断つ……大義名分さえ通せば、富江の心なんぞ、どうでもいいんだ。出世の道具として、女を選ぶんだ」

花岡は吐き捨てるように言ったが、トキは同情しながらも、

「そんなお人となら、一緒にならなかった方がよかったのではありませんか？」

「なるほど……女将の言うとおりかもしれんな。でもな……」

と花岡は起き上がって、悔しそうに膝を叩きながら、

「富江は……毎日、泣いて暮らしていた……どんな縁談が来ても断った……私は一生独り身でいると、そう決心してな……そんな妹になってしまったんだ……惚れた男の面影をずっと追っていた。他の男と一緒になって、それで幸せになれようかとな」

「そこまで惚れてらしたんですか……」

「だが、恋は叶わず。妹は、心の病から、本当に心の臓も悪くなり、一時は、立ち上がることも容易ならなかった」

トキは目を閉じて聞いていた。

「そんな暮らしでも、富江は富江なりに、己を取り戻そうとした。泰全は泰全、俺たちは俺

たちだってな……だから国元に戻ってからは勤めに精を出したよ。剣術指南役から、郡奉行に抜擢《ばってき》されてな……だから、藩の悪い膿《うみ》を出してやろうとしたんだ」

「………」

「だが、それが裏目に出た……藩のお偉方は青臭い正義感を振りかざすのが気にくわなかったんだろうよ。俺に不正を強要した……みんな腐ってやがるッ。だから俺は、カッとなって、賄ばかりを要求していた勘定組頭を……」

　サッと花岡は斬る真似をして、

「斬って、大怪我をさせてしまった……後はお定まりの転落よ」

「!………」

「貧すれば貪するだ。長い浪人暮らしで、妹には苦労をかけた……目も見えなくなった……奴が、嫁に貰ってくれてりゃ、富江はこんな暮らしをせずにすんだ……貧しくとも、幸せに暮らせたはずだ……」

　花岡はううっと涙ぐんで、

「それもこれも、すべてあいつのせいだ！　あいつは……戸田泰全は……腹の底では、俺たちをバカにしてた。だから、てめえより高い身分の旗本の女を……そして、せせら笑ってやがったんだ！　そのために俺と富江が、どんなに苦しむか知っての上でな！」

「駄目ですよ。悪いお酒は……」

優しくたしなめるトキに、花岡はうつろな目になって、

「なんで、女将にこんな話をしたんだろうな……はは、どうしてだろうな……」

崩れるように壁に凭《もた》れた花岡は、そのまま寝息を立てはじめた。

「逆恨みかもしれんが……それが人生……戸田さんとやらと一緒になったところで、幸せだったかどうか、分かりませんえ？」

そう言いながら、トキはそっと羽織をかけてやった。

廊下の陰から、薙左もしみじみ聞いていた。

三

「お奉行……どうなのです？」

「…………」

「私は、昔話などどうでもいいのです。誰を妻に迎えようが、そんなことには何も口を挟む義理もありません。でも、お奉行という人間が、少しばかり分からなくなりました」

「薙左……」

戸田は黙って聞いていたが、あえて反論しようとはしなかった。ただ、薙左の問い掛けに素直に答えようとはしていた。

薙左は『桔梗』を抜け出して、報告かたがた、船手奉行所に戻っていたのだ。

「どうなのです……お奉行にとって、富江さんて人は、どうでもいい人だったのですか？お藤さんの話では、目もかなり悪いようですよ。お奉行、どうなのです？」

「大切な人だ」

「だったら、どうして……わざと愛想づかしする何かがあったのですか……女というものは、本気で惚れた男には、どこまでも惚れ抜いて欲しいものらしいですよ」

「ふん。おまえに女心を講釈されるようじゃ、俺も終《しま》いだな」

「茶化さないで下さい」

「……俺の親友と大切な女……その二人が幸せになって欲しかった。だからこそ、俺は別の女房を……」

「奥様は、病で他界してますよね、数年前に……」

「男やもめにウジが湧くってな」

と戸田は自嘲気味に苦笑した。

「そんな話はいいです。でも、どうして……そんなことじゃ、亡くなった奥様も納得できないじゃありませんか。本当に、出世が狙いだったのですか」

「そうだよ。悪いか？」

「居直るのですか」

「花岡が何を言ったか知らないが……俺は、富江より、女房の方に惚れた。それだけのことだ。ああ、それだけのことだ」

「それだけのこと……」

蕥左は憤懣《ふんまん》やるかたないものが込み上がってきて、

「でも、お奉行！　相手はそれでは済まないのですよッ。お奉行に操を捧げ、一生共に生きようと思っていた。なのに……」

「おい、蕥左。誤解をするな。俺が本当に惚れていたのは、俺の女房だけだ」

「では、富江さんて方は、ただの片思いだったというのですか。お奉行に棄てられて当たり前の女だったのですかッ」

「待てよ。おまえは何を興奮しておるのだ」

「だって……」

「そんなことは調べて来なくてよい」

と戸田は毅然と襟を正して、

「老中松平対馬守と廻船問屋『相模屋』は結託しており、花岡がその用心棒をしているというのは、事実なのだな？」

「はい……」

「そのような大物が出て来たからには、こっちも性根を入れねばなるまい」

そう鼓舞する戸田に、薙左は今一度、

「どうか、私と一緒に来て下さい」

「ん？」

「お奉行に見て貰いたいものがあります」

「なんだ。探索のことか」

「はい。是非に」

薙左はそう言うと、善は急げとばかりに、奉行所を出て、湯島天神に向かった。

花岡が借りている長屋の近くであることは、戸田もすぐ察したが、何も言わずに付いて来た。そして、天神様に立ったとき、戸田はアッと目を凝らした。

「行くも地獄なら戻るも地獄……ここが思案のしどころ、じゃありませんか？」

薙左が小声で洩らしながら指した先には、富江の姿があった。

神社本殿前の参道で、〝お百度石〟を廻っては柏手を打つ富江の姿である。目が見えないので、杖を頼りに覚束《おぼつか》ない足取りであるが、誠意をこめて祈っている。

境内に入って来た戸田は黙って立ち尽くしたまま、その姿を見つめていた。十数年ぶりに見た顔である。苦労したのであろう。老けてはいるが、相変わらず穏やかな笑みをたたえているし、品性も昔のままだった。

「富江……」

と呟いたとき、敷石に躓《つまず》いて膝が崩れ、富江があっと倒れた。

考える間もなく、薙左は思わず駆け寄って、抱き起こした。

「目を患っておいでのようですが、付き添いもなしに無茶はいけませんねえ」

「どうも、ありがとうございます。でも、慣れてますから……」

と微笑んで立ち上がった。

薙左が、ふと本殿の扉を見る。そこには、絵馬が一枚、かけられていた。

「あの絵馬……自分の目のことで、願を掛けてたんじゃないんですか？」

「え、ええ……」

富江は恥ずかしそうに頷いて、

「私のような妹を連れている兄に申し訳なくて……」

「果報なお兄さんだ」

「いいえ。果報者は私です。とても優しい兄なんです。こんな役立たずの私でも、命がけで、しっかり守ってくれて」

「役立たずなんて、自分のことをそんなふうに言ってはいけませんよ」

「いいえ。本当に足手まといで、兄には申し訳ないと思っています。私がこんな身でなければ、もっと良い仕事をして、世のために思う存分、自分の才覚を発揮できる人なのです」

「………」

「本当に立派で非の打ち所のない兄なのです。ですから、私も頑張らないと……あら私としたことが余計なことを」

「いや、羨《うらや》ましい兄妹だ」

「ありがとうございます。でも、私には、もうひとり、兄がいたのでございますよ」

「兄が？」

「ええ。そのお方は、もう何処か遠くに行ってしまいました」

戸田のことを、そう思い込んでいるのだろうと、薙左は解釈した。

「そのお方のことが好きだったのですか？」

「……どうして、そんなことを？」

「いいえ。なんとなくです」

「好きになってはいけない人でした」

「どうしてなのです？」

「兄が兄でなく、妹が妹でなく」

「え？」

薙左が不思議そうな顔になると、富江は苦笑して、

「人生って、おかしなことばかりなんです」

「…………」

「私の兄と……私が好きになった方は、赤ん坊のときに、入れ替わっていたんです」

「どういうこと？」

富江はまるで他人事のように、笑みすら浮かべて、

「たまたま、生まれた日が同じで、お産婆さんが、間違えたんです」

「ええ？」

「その日、二人の母親は臨月だったのですが、たまたま大きな火事になって、避難したお寺で一緒に生まれたのです……取り違えられたのは不幸としか言いようがありません」

「そんなことが……」

「ですから、私が本気で好きになった人が実の兄で、兄だと思っていた人とは血のつながり

はなかったのです」

薙左は俄に信じられなかった。そう思おうと妄想しているのではないか。それが事実だとしたら、話し合えば分かり合えることではないか。

だが、富江は薙左の疑念を見抜いていたかのように、

「これは、遠くに行った兄と二人だけの約束なんです。だって、兄がそんなことを知ったら生きることをやめるかもしれません」

「！………」

「だから、私とあの人だけは、承知していることなんです。だから、一緒になれなかったんですよ」

そう言ってから富江は恥ずかしそうに俯いて、

「ああ。私、とんでもないことを……どうして、見ず知らずの人に話したのかしら。きっと、もう長くないから、誰かに話したかったのです……あなたはきっと神様なんですね」

富江、ふっと顔を上げて、遠くを見るような仕草をした。

「兄が来ます……」

「え？」

「分かるんです。足音で……」

薙左が振り返ると、たしかに本殿の裏の方から来る花岡の姿が見えた。すぐさま薙左はそっと離れた。鳥居を振り返ると、戸田の姿もいつの間にか消えていた。

気配がなくなったので、富江が戸惑っているところへ、花岡が駆け寄って来た。

「富江……富江……だめではないか、勝手に出歩いては」

「帰り道、少し間違えましたかしら」

うふふと笑う富江に、少しきつく花岡は言った。

「間違えたではない。一体、何処へ行っていたのだ」

「ご免なさい……ちょっとその辺りに散歩を。だって、ずっと一人で長屋にいると、気分が滅入ってしまうでしょう？」

「そんなに俺の言うことが嫌なのか。気分が滅入るほど」

「え？」

「おまえの白底翳は安静が一番だと何度……」

「本当にご免なさい。だって、兄上は近頃、夜も何処かへ行ったきりで、ろくにいたためしがないではありませんか」

「仕官のためだ」

「でも、帰って来たときは、いつもお酒の匂いをさせていて、疲れた様子で横になってばかりです」

「それも仕官のためだ。俺は酒を飲んではならぬのか！」

「お体を心配しているのです」

「余計なお世話だ。おまえは自分のことだけ案じていればよいのだッ」

富江は少し不安な顔になって、

「兄上……何かあったのですか？」

「別に何もない」

「本当に？」

苛々した花岡は、つい語気を強めた。

「江戸に来てから、今までの兄上と少し違います。もし、仕官のことで、ご無理をなさっているのなら、やめた方がよろしいのでありませんか？　私、不安なのです……もしかしたら、私のために、よくないことをなさってるのではと」

「いらぬことをッ」

と言いかけて、花岡は少し気持ちを静めて、

「……いや、悪かった。江戸の水が少々合ってないのかもしれぬな」

「済みません」

「謝るなと言うたはずだ……謝られれば、俺も辛くなる」

「…………」

「大丈夫だ。きっとうまくいくから……おまえは何も考えるな。よいな」

頷いた富江の手を引いて、花岡は歩き出した。ふいに振り返った富江を、花岡が気にした。

「どうした？」

「いえ。今日は神様が現れたんですよ」

富江は嬉しそうに笑った。

四

『あほうどり』と通りを挟んである自身番の前で、お藤、さくら、そして寅八と六助が、心配顔で覗こうとしているが中は見えない。

表戸は閉まったままで、片山の声と割竹で床を激しく叩く音だけが聞こえていた。伊藤と弥七も、自身番の外で、申し訳なさそうな、居たたまれない顔で見ている。

片山の声だけが、響いている。

「強情な奴め！　正直に話せと言っているのが分からぬのか！　ええいッ。そこまで意地を張るなら、こっちにも考えがあるぞ！　吐け、吐いてしまえ！」

声が響くたびに、お藤たちはドギマギして、お互いの顔を見合わせた。

寅八は耳を塞いで、六助に抱きついた。

「離れろ、バカ」

「わあッ。こっちの方が怖くなるッ」

「しかし、世之助の奴、一体、何をやったんだ？」

「付け火だよ。いやいや、俺だって、世之助さんがやったなんて思ってもいねえが、証拠があるとなりゃ……ねえ、女将さん」

お藤は余裕のある顔で見ていたが、少しずつ不安になってきた。

「財布なんか証拠になるものかね。あれはゴマメちゃんのものだが、それを世之助が貰い受けていたのを落とした……なんて、誰が信じますか？」

「そうよ、そうよ。世之助さんはそんな悪いことしません」

と、さくらは伊藤に迫った。

「ねえ、旦那！　なんとかしてよ！」

「あ、いや、私は……」

「これは何かの間違いでしょ？　私、片山様に文句言ってやるわ」

さらに片山の声が響いた。

「いい加減にせい、世之助！　こうなれば、拷問にかけてやる！」

さくらはたまらず、自身番の扉を開いた。そして、怖いけれども必死に、

「やめなさいよッ。世之助さんも付け火なんてやってないわよ！　ゴマメちゃんの疑いが晴れた途端、世之助さんを狙うなんて、見え透いているわよッ」

ヌッと出て来た片山は、さくらを押しやって、

「当人も認めた。そうであろう？」

と振り返った。自身番の土間に、縄で縛られたまま座らされている世之助は、それには答えずに、

「片山の旦那。あっしのことなんかより……消えた木戸番や油の匂いのした浪人……もっとはっきり言いましょう、花岡喜久馬や佐渡吉って奴を探した方がいいと思いますがね」

と探りを入れるように言った。

伊藤が「なんだ、それは」と近づこうとするのへ、

「控えろ、伊藤！　余計なことをするでない！」

と片山が怒鳴りつけた。伊藤は雷が落ちたように耳を塞いで、身を引いたが、世之助は人を食ったように、

「余計なことねえ……片山様。やっぱり、その辺りのことが気になるご様子で」

「なんだと？」

「あっしの調べでは、佐渡吉という奴が、この財布を掏った当人なんですよ」

「黙れ！　己が罪を逃れんがため、偽りの下手人をでっち上げるとは、不埒《ふらち》千万！」

片山は手にしていた割竹でバシッと地面を叩いて、

「やむを得ぬ。かくなる上は、本当に拷問に掛けねばなるまい。覚悟せい！」

そこへ、加治がゆっくりと来て、片山に対峙した。片山は、相変わらず不愉快な顔で、睨みつけただけだが、

「世之助は関わりない」

「なんですと？」

「船手の調べでは、花岡なる浪人者が付け火をし、その者と一緒にいた佐渡吉という無頼の者が、大河内様を刺し殺した上で、火の中に押しやったと分かったのです」

「ありえぬ」

「どうして、そう？　まことでございます。焼け死んだ大河内様の亡骸に、刺し傷があったのを、改めて確認しました」

「だからといって、こやつが下手人でないという証はない」

「ならば、片山殿。こやつが殺したという証はありますか？」

「…………」

「とにかく、真の下手人を探すことです。勘定奉行が殺されたのですぞ。この際、船手も町方もなく、手を携えて、心してかからねばならぬのではありませぬか」

「ふん。謹慎中の戸田奉行が、探索を命じるのもおかしな話……」

「お奉行はそうでも、奉行所が務めをやらぬ訳ではありますまい？　奉行所一丸となって、探索しておるところです。これは、水野様直々の命令でもあります」

水野の名を出されては、引き下がらざるを得ない。片山は深い溜息をついて、

「ならば、好きにされるがよい。こっちはこっちで、改めて調べる」

と割竹を投げ捨てて、憤然と立ち去った。

加治は、世之助の縄を解いてやり、『あほうどり』で一杯やれと労《ねぎら》った。

そこへひょっこりと戸田が顔を出した。

「お奉行……」

「挨拶などよい。相模屋のことは篤《とく》と調べたか？　片山と共に、頻繁に『桔梗』に出入りしている廻船問屋だ」

「はい。色々と噂のある男でした」

と加治は、奉行所へ戻りながら話した。

「やはり、金の亡者でした……いや、その段ではありませぬ！　米から酒、油や炭、砂糖、材木、ありとあらゆる品々の産地に手を伸ばし、大元をがっちり握ろうとしているのです」

「大元を？」

「はい。江戸に流れるものは全て一旦、自分の店を通すような仕組みを作ろうとしているようです」

「何のことはない。株仲間を牛耳って、てめえらだけが儲けようって腹づもりか」

「その特権について、幕閣の重職と念書を交わした……までは摑んだのですが、肝心の念書が何処にあるのかはまだ……」

「念書か……」

戸田は奉行所の朱門を潜ってから、腕組みをして唸った。

「それさえ手に入れりゃ、ぐうの音も出ないようにしてやれるのだがな」

「誰か、お心当たりでも？　もしかして、薙左が板前として潜り込んでいる料亭で、見た大物というのでは？」

「まだ、はっきりとは言えぬが、俺を謹慎させた奴だ」

「やはり……!?」

その時、一方から、佳乃が急ぎ足で来た。

「戸田様！」

佳乃が息せききっているのを、加治は心配しながら、

「これは、大河内豊後様の奥方……」

「大河内の遺品を整理していたら、かようなものが出てまいりました」

佳乃から綴った冊子を受け取って、

「これは……」

「はい。大河内が書き残した碁の本でございます。戸田様が見たいとおっしゃられた最後の……」

「！…………」

「私には碁のことはよく分かりません。もしかしたら……」

碁敵だった戸田が、その冊子を手にすると、様々な手筋と布石が書かれてあった。それは、まるで暗号のような配置だから、一見して分からないが、あるいはそこに何かが記されているのかもしれなかった。

「この本……しばらく、預からせて貰います」

戸田の目に初めて、光がともった。

その夜、徹夜をして、縦横十八行に置かれた石を、それぞれ、いろはに置き換えて読むと、次のような文言が浮かび上がった。

『対馬と相模の間で抜け荷あり。阿片は流れて中瀬川』

冊子を見つめていた戸田は、それをぐいと胸にあてがって慄然《りつぜん》となった。

「大河内様……遺書のおつもりで、かようなものを書かれたか……さぞや、ご無念であったろう……必ずや、真相を明らかにしてみせますぞ」

と戸田は天を仰いだ。

五

松平対馬守の屋敷は大手門前にあったが、別邸、つまり藩の上屋敷は溜池にあったために、駕籠《かご》での道中は常に番方の兵卒が、弓矢槍を抱えての大仕事であった。

今宵は、片山が訪ねて来ていたが、町場での不意の事態に備える役目というのが、表向きの使命であった。

「迂闊《うかつ》だったな、片山……その早乙女なる男、『桔梗』に来ていたのに気づいていたのならば、すぐに消しておくべきだった」

「申し訳ありませぬ。ただ、あの場所では、できかねましょう」

「油断したな。おまえともあろう者が……」

と松平が床の間の刀を手にすると、片山はギクリとなって、

「お待ち下さいッ。船手同心など、所詮は小者。戸田奉行本人さえ片付ければ済む話ではありませぬか」

「むろんだ」

「もとより、そのために勘定奉行の大河内様を殺せと、私に命じられたのでありましょう？」

「だが、花岡と佐渡吉のことが、戸田の内与力に知られているのなら、少々、面倒だ」

「ならば、戸田を消し、その後は……花岡を大河内豊後と戸田奉行殺しの下手人として、始末すればよろしいのでは？」

「なるほどのう」

と松平はにんまりと笑って、

「片山。おまえも知恵者よのう」

「御前もどうせ、そのおつもりだったのでは？　まさか、本気で、花岡の仕官話を叶えてやるつもりではありますまい？」

「むろんじゃ。何故かは知らぬが、奴は戸田を目の敵にしておる。腕も立つ。戸田を葬るには、まさに適材じゃ」

「まさに……ですが、御前。私は一介の筆頭同心では終わりたくはありませぬ。前々から申し上げているとおり……」

「分かっておる。しかるべき手段で、旗本に格上げしてやる。さすれば、町奉行だろうが勘定奉行だろうが、夢ではないぞ」

「まこと、ですな」

「疑り深い奴よのう。ふっふ。恨み言を言うなら、金に言え、じゃ」

「さようでございますな」

「ふはは……はははは」

しだいに大笑いになる二人は、船手の手入れが近づいているとは、思いも寄らなかった。

「で、『桔梗』の方もぬかりはなかろうな」

「それは、もう」

同じ頃――。
中瀬川の料亭『桔梗』では、女中たちが配膳や後片付けで忙しく働き廻っていた。奥から、

トキが出て来て、女中たちを鼓舞するように、

「さあさ、急いでおくれよ。今日も大切なお客様が来るのやからね」

と大きな声で言っているところに、板前姿で、鉢巻きに襷がけの薙左が来た。

「お呼びでしょうか」

と座ったが、トキは立ったまま険しい目で、

「一体、おまえは何を考えてこの店に奉公に来ているのですか」

「何って……料理を作るためです」

「ほう。では聞きますが、料理とはなんぞや」

「なんぞや……」

「答えなさい。さあ、答えなさい！」

「お客様に楽しんで貰うためのものと思っております」

「それだけですか」

「はあ？」

「はあじゃないでしょうが。それだけの庖丁の腕がありながら、心がけが足らんから、いい加減な料理しかできないんです」

薙左は素直に、申し訳ありません。もっと修業を致しますと謝った。

「口先だけですね」

「いえ、決して……」

「それなら、どうしてちょくちょく店を抜け出しては、あちこち遊び歩いてるのですか」

「遊び歩いている訳では……」

「あたしの目は節穴ではありません。あんたが、どんな人間か分かるつもりです。ただ……」

トキは無念そうに背中を丸めて、

「あんたは、この店に庖丁人として入ったはず。寝ても覚めても、料理のことばかり考える。それが庖丁一筋というものでしょう。それがなんですか。私がちょっと目を離した隙に、板場から姿が消えている。てっきり食材でも探しに魚河岸でも駆けめぐっているのかと思いきや、どうもそうでもない。本気で修業する気があるのですか！」

と厳しく言った。

薙左はポンと膝を叩いて、思わず言った。

「さすがは一流の料亭の女将さんだ。すっかり見抜いておいでだ」

「惚けたこと言うんじゃないよ！」

語気が強くなったトキはバンと床を叩いて、

「私はあんたのお遊びに付き合ってるのではありません！」

「申し訳ありません」

「そんな心がけでは、何年、板場に立っても無理ですね。幾らおいしいものを作っても、他人様の口に入れるようなものはできないでしょう」

「…………」

「食べるという字は、〝人に良い〟と書きます。見た目が美しくておいしいだけではいけないのです。人の心と体に良いものが、本当の料理です。人を活かす料理を作ること。それが、庖丁を握る者の誠意というもんですよ」

「人を活かす……誠意」

「違いますか？　あんたの料理に足らないのは、そこです。まあ、ただ、やる気さえ出せば、一流の料理人になることは、この私が太鼓判を押します。だからこそ、もう少し考えなさい」

「……はい」

「でないと……息子みたいになってしまう……堪えられん」

薙左は意外な目で見やって、

「息子さんがいるのですか？」

「ふん。あんたみたいな道楽者になってしまって、喧嘩に巻き込まれて死んでしまったけれどね」

「⁉………」

トキは声の調子が落ちて、しみじみと語った。

「渡世人を気取っていたが、所詮は三下。一度は庖丁を握ったけれど、板場にもろくに立てずに逃げ出して……ほんま、性根のない、辛抱の足らぬアホたれやった……」

さらに落ち込んで、遠い目になるトキに、薙左はどう声をかけてよいか分からなかった。

「女将さん……」

「ま、私の話なんぞ、どうでもええがな」

「俺でよければ、息子さんの代わりと思って下さい。あっしも、おふくろには早く先立たれたもので……初めてお会いしたときから、女将さんのこと、おふくろに思えて……」

トキは少し嬉しいが、

「何を安っぽいこと言ってるの。他人様のことをあれこれ言うてる間があったら、せいぜい精魂こめて、頑張るんですね！」

きっぱり言って立ち去るトキが、廊下に出てふと振り返ると、薙左がじっと見ていた。

「ばかだねえ……」

照れくさそうに言ったトキは、泣き出しそうになるのを我慢するように、急ぎ足で立ち去るのであった。

「女将さん……」

と微笑んだ薙左の前に、中庭にぶらりと花岡が現れた。

だが、薙左のことなど目にも留めぬ感じで、中庭を眺めながら、離れの方へ向かおうとした。

「花岡さん」

唐突に声をかけられたので、ドキッとしたように花岡は薙左を凝視した。背後にも気配を感じて振り返ると、戸田が刀を持って立っていた。離れてお藤もいる。

花岡は二人を睨みつけた。

「分からぬか、俺だよ」

驚愕して見やる花岡に、戸田は言った。

「久しぶりだな……花岡。おまえも、ここの女将の観音様のような優しさに、ついぞ本音を吐いてしまったようだな」

「そうか……妙な女だとは思っていたが、やはりおまえは、戸田の密偵だったか。それにしても、泰全、おまえまでが……ふざけた真似を……」

戸田は、毅然と花岡を見据えて、

「中村座への付け火、並びに、大河内豊後を殺した下手人の一人として、北町の奉行所に名乗り出ろ。遠山様は俺と昵懇だ。どうにか、うまく裁いてくれよう」

「なんだと？」

「相模屋と繋がっているのも分かっている。南町の筆頭同心片山もな。そして、その裏には……とにかく、もはや逃れる術《すべ》はないぞ」

花岡は刀に手をかけた。

「斬るか、花岡。だが、今度は負けぬぞ」

と戸田は刀の柄に手を当てて、

「富江さんのためにもな」

「黙れ、泰全！　富江を辛い目に遭わせたのは貴様だ！」

花岡は抜き打ちに、憎悪を込めて斬りかかっていった。

薙左がそれを叩き落とすと、横に飛びかわして構えた。

「目を覚ませ、花岡！　富江さんはあの目で、おまえのために、お百度参りをしているのだぞ！」

間合いを取って見合う戸田と花岡だが、戸田はまだ抜刀していない。

「おまえが無事、仕官できますようにとな」

「…………」

「俺も、あの頃の夢をよく見るよ」

「あの頃……？」

「ああ。今もよく夢を見るぜ。いつだって、俺とおまえは一緒だった。町のごろつきどもを、二人でのしてやったなあ……金がなくて、岡場所で居残りをくらったこともあった……いいことも悪いことも、おまえとなら何だってできた……今の富江さんも同じ気持ちだ。おまえとなら……」

花岡の目に涙が滲む。が、突然、刀を振って、

「嘘だ！　嘘だア！　貴様は今になってまた、俺を苦しめるのか！　賄奉行のおまえなんぞに説教される謂れはないッ」

「花岡。俺が嘘つきに見えるか。思い出してくれ、あの頃を……昔のおまえに戻ってくれ。そのためなら、俺は、何でもする。ああ、なんでもするからよ」

「…………」

「富江さんを悲しませるようなことだけはするな」

「うるさい……うるさい！　てめえの世話なんぞになるか！」

花岡は激しく刀を振って、そのままダッと走り去った。

六

表通りを駆ける花岡を、薙左が追っていって呼び止めた。

「お待ち下さい、花岡様」

「来るなッ」

「お奉行は、本気で、あなた様のことを心配なさっております」

「下らぬ」

「私の父は、同じ船手奉行の同心でした。ある時、阿片の抜け荷をしている一味を追っているうちに……行方不明になり、後に死体で見つかりました」

「…………」

「その時、一緒に追っていたのが、戸田様です。戸田様は、自分の身を犠牲にしてまで、最後の最後まで、父を守ろうとしました。ですから……感謝しているのです」

「…………」

「その後、抜け荷一味を捕らえました。そのとき、どんな訳があろうと、他人様を陥れて殺したり盗んだりしてはいけない……戸田様は懇々と一味を諭しました」

「………」

「これから処刑になる人たちに向かってですよ……でも、同じ刑を受けるのでも、犯した罪の重さを知って受けるか、そうでないかは違う……そう言われて、悪党たちは、つきものが落ちたように、すっきりした顔で刑場に向かいました……そういう御方なのです、戸田様は」

「………」

「そのお人柄は、花岡様が一番よくご存じなのではありませんか？　戸田様は、江戸町人に慕われてる名奉行ですよ。きっと、あなたの知っている戸田様、そのままです」

花岡は少し落ち着いた感じになった。

「勘定奉行の大河内様も戸田様と同じく、庶民思いです。あなたが今、付き合っている人たちとは……違います」

だが、花岡はいきなり、刀の切っ先を向けて、

「行け！　立ち去れ！」

「え？」

「仲間が来る。奴らに見咎められれば面倒だ」

とわざと斬りかかってきた。

薙左は避けながら、逃げるしかなかった。

入れ替わりに、別の方から松平と片山が来るのが見えた。その後ろから、相模屋と佐渡吉がついて来ていた。

「花岡殿。出迎えか？」

と片山が聞くのへ、花岡は答えた。

「そうではない。料亭の『桔梗』には行かぬ方がよい」

「なに？」

「戸田奉行……戸田の手の者が潜んでおる」

「やはり、あの板前か」

「ああ。ですから、御前様。あの料亭はもう使わぬ方が……」

「ならば、花岡。事は急がねばならぬな」

「はい」

「今宵……子の刻、例の所に、戸田を呼び出せ。親友のおまえならば、疑いもせずに来るであろう。よいな」

「望むところだが……その前に金をくれ」

「仕事がすべて終わったら、百両という約束ですが？」

「いいから、よこせ！　妹の手術代が要るんだ」

松平が頷いたので、仕方がないという感じで、相模屋は分厚く膨んだ財布を差し出した。

それをむんずと花岡は摑んだ。


その夜――。

蒼い三日月が不気味に出ており、犬の遠吠えが聞こえていた。

編笠の着流し侍が提灯をさげて来た。

すると、いきなり一本の矢が飛来して、侍の胸に突き立った。

侍は「うっ」と呻いて、そのまま伏せるように崩れ落ちた。

そのとき、辺りの草むらや灌木《かんぼく》の陰から、弓を構えた浪人たちが数人と佐渡吉が現れた。

そして、本殿の陰からは、片山、相模屋が出て来て、さらに羽織に頭巾姿の松平も駆けつけた。

「これはこれは……よい座興でありましたな、松平様」

と相模屋が言うと、松平がほくそ笑んで、

「うむ。大河内に引き続き、我らの企《たくら》みを勘ぐる者はいなくなった。相模屋、後は、抜け荷さえバレなければ、濡れ手で粟よ」

そう言いながら、倒れている侍を足蹴にしようとすると、その侍はぬっと立ち上がって、編笠を投げ捨てた。

——戸田ではなく、花岡であった。

「ば、ばかなっ！」

と相模屋は後ずさりした。

「おまえは、花岡……裏切ったか！」

花岡は懸命に胸の矢を抜き取って叩きつけ、

「貴様らのやり口は、よく分かった……やはり……端から俺を利用するつもりだったのだなッ！」

「花岡。貴様……」

松平は怒りを露わにして、

「ええい。舐めた真似をしおって！　留めを刺せい！」

と片山に命じたときである。

「やめなさい！」

と声があって、トキが駆けつけて来た。

「おまえは、『桔梗』の女将……!?」

「片山さん。あんた、南町奉行所の同心のくせに、なんで、こんな真似を!?」

「何をしに来た。女の出る幕ではない」

「黙らっしゃい！」

とトキは鉄火芸者のように、

「あんたら、老中の松平様に金魚の糞のようにくっついて来ては、何やらよからぬことを話していたようですが……こういうことですか。訳は知らないが、戸田奉行を殺すつもりだったんだね」

「余計なことを……」

「おかしいと思ったのです。この花岡さんが、私に百両もの大金を預けに来た……妹の手術代にとね。自分で渡せばいいものを、わざわざ私に届けさせようとしたのには訳がある。そう思って、尾けて来たんです」

「女将……」

花岡は必死に、トキを庇って立った。

「こんなことしてたら、松平様に大目玉くらいますよ」

「ふふふ……ははは」

片山の笑いが止まらなくなった。

「何がおかしい」

「その松平様のご命令だ」

「なんですって……!?」

トキが驚くのは無理もなかった。物陰から出て来た松平は、頭巾を取って見せ、

「つまらぬことに首を突っ込まねば、長生きできたものを」

「松平様……」

「悪いものを見たと、諦めるのだな」

「私の店を……あんたらは、悪の巣窟《そうくつ》にしていたのですか」

「気づくのが遅いわい。それで、おまえも大儲けをしてきたのではないか。同じ穴のムジナってことだな」

トキは悔しがって、簪を投げつけた。

「恥を知りなはれ！　あんたを水野様に推挙したのは、この私ですよ……ああッ。こんな奴だったとは……閻魔《えんま》様でも気づかないでしょうよ！」

「すっこんでろ、ババア！」

「なんだと、このすっとこどっこい！　てめえら、まとめて嚙み千切ってやる！」

「面倒だ。一緒に殺せ」

浪人たちがドッと斬りかかると、花岡はトキを庇いながら抜刀し、浪人たちの刀を懸命に弾いて闘うが、胸の傷が痛んで、思うように刀をふるえない。

それでも必死に闘う花岡は、浪人の一人がトキ目がけて刀を振り下ろしたとき、思わず体ごと飛び込んで盾となった。懸命に刀で押し返している隙に、佐渡吉が花岡の背中を突き刺した。

「うわあッ」

「ああッ。なんちゅうことを！」

さらに片山が抜刀して斬ろうとした。

そこへ、小石が飛来して、片山の顔に当たった。

「痛ッ……だ、誰だ」

駆けつけたのは加治、鮫島、そして薙左の三人であった。

「てめえら、どこまで汚ねえ真似をすりゃ、気が済むんだ！」

加治が怒鳴ると、それが合図になったかのように、一斉に斬りかかっていった。

浪人たちが斬りかかってくるのを撥ねのけて、鮫島は次々と斬り倒した。薙左も鋭く華麗に次々と倒していく。

乱戦になったが、浪人たちを峰打ちで次々と倒していく。逃げようとする片山、相模屋をも気絶させた。

そして、加治は刀を放って、崩れている花岡に駆け寄った。

「た、泰全……」

意識が朦朧《もうろう》として、花岡は加治のことを戸田と思い込んでいる。

「しっかりしろ。傷は浅いぞ」

傷を見ようとする手を押し戻して、花岡は哀願するように言った。

「大したことはない。それより、これを……」

と懐から一枚の紙切れを出して、

「これは、相模屋が……老中の松平対馬守と交わした念書だ……何かの役に立つはずだ」

「花岡さん……」

加治はひしと抱きしめた。

七

江戸湾に浮かぶ弁才船は、幕府の船で、船手奉行所が預かっていた。

この日は、夏の花火の日で、評定所が行われる日に合わせて、向井将監の計らいで、船上での閣議となった。

ドンドンと鳴り響く空砲は、まるでお白洲の太鼓にも聞こえる。

戸田の前には、片山、相模屋、佐渡吉がおり、上座には、松平が恬淡と座していた。老中水野忠邦の他、南北の町奉行、さらに大目付、目付が一堂に会しての船上評定である。

「さあ、戸田。そろそろ、始めよ」

まだ、明るく、海風が爽やかである。

「さて、これより勘定奉行大河内豊後殺害、並びに加賀浪人花岡喜久馬殺害につき、吟味致す。今日のお白洲は、幕閣がらみの重い懸案ゆえ、特別に……評定所のお歴々にも列座していただきました上で、慎重を期して調べる。一同の者、面を上げませい」

顔を上げる片山たちに、

「相模屋徳右衛門、渡り中間《ちゆうげん》佐渡吉。その方ら、勘定奉行大河内豊後を芝居小屋中村座にて、失火による焼死と見せかけたるは、当船手の調べにて明白である」

「その前に、戸田様。南町筆頭同心の私が何故、このお白洲に座らねばならぬのか、それをお聞かせ下さいませ」

と片山が不満の顔をしたので、戸田はキッパリと言った。

「片山。おぬしが、この一件に絡んでいる節があるからだ」

「何をばかなッ。私は何も……」

「御老中方もおいでじゃ、控えい。おぬしの罪はおいおい明らかになろう」

片山は、悔しそうに拳を握って、壇上の松平を見上げた。

松平は、首を振ってたしなめた。

戸田は気にも留めず、

「佐渡吉。その方、大河内豊後を芝居小屋に誘い、火事を仕組んだ上で刃物にて刺し殺し、さらには、付け火に同行した花岡喜久馬をも、過日、湯島の神社にて殺《あや》めた……とあるが、さよう相違ないか？」

「とんでもございません、お奉行様。あっしはただの木戸番。そんな偉い人になんぞ、会ったこともありません。まして殺めるなんて、とんでもありません」

「ならば……松平様とは、どうじゃ？」

松平は膝を乗り出し、

「聞き捨てならぬぞ、戸田。今の言い草では、儂がそこな、ならず者と関わりあるごときに聞こえるが？」

「ない、と仰せられるか」

「ばかばかしい。かようなお白洲、儂が立ち会う謂れなどない。そもそも、おぬしは謹慎の身であろう」

「控えられたい！　既に水野様はじめ幕閣重職が隣席しての吟味にござれば。ここに、みなが一堂に会していることは、中瀬川の料亭『桔梗』の女将の証言を得てのことでござる」

松平は鼻で笑って、

「女将一人の証言がなんだ。儂は関わりない」

と言ったが、戸田は相模屋に向き直り、

「相模屋。おまえは、松平様と一緒になって、廻船問屋をいいことに、一手に抜け荷を引き受けていたとあるが、さよう相違ないな。しかも、阿片まで扱い、その画策が大河内豊後に知られたゆえ、口封じに殺したのではないか？」

「はて。何の話やら、とんと分かりませんが……」

「ならば、これを見よ」

と懐から、例の念書を出して見せた。

「抜け荷の品、すべては相模屋にて扱う権利を与える。その儲けの二割を上納する……松平様とそう確約しておるが？」

表情が曇る松平を見据えたまま戸田は続けた。

「花岡が命を賭して私に届けたものだ。その花岡の妹は体を悪くしておるのに、一人きりにしてしまったのもお前たちだ」

美和の病を知ってからすぐ、戸田は知り合いの長崎帰りの医者に頼んできちんと治療するよう手配りしていた。もっとも、花岡が死んだことはまだ美和には告げていない。いずれわかることだが、遠い所に仕官の旅に出たとだけ加治に告げさせていた。

「どうだ、この念書に覚えがあろう」

「なんですか、それは……作り物でしょう。座興はおやめ下さい」

「ふむ、座興とはよくも言うたな……松平様も座興だと？」

「儂は知らぬ。たまさか、同じ料亭で飲んだことくらいはあるやもしれぬがな。こやつが座興と言うなら、そのとおりであろう」

そのとき、控えの間にいたトキを呼び出した。

トキは思わず、

「嘘です！　たまさかだなんてありえません！　松平様、正直に話して下さい。あなたは、この相模屋、そして与力の片山様と、いつも親しく会っていたじゃありませんか」

「覚え違いではないか？　歳はとりたくないのう」

「なんですって、この恩知らずが！　誰のお陰で、そこまで偉うなったと思ってるのですか！」

「控えろ、トキ。水野様の前であるぞ」

トキは憤然となるが、我慢するしかなかった。

「は、はい……」

戸田は淡々と続けた。

「だが片山……同じくこのトキは、浪人花岡が、この戸田の身代わりを務めた折、その方らに命を狙われたと言っておる。そこには、松平様もいたとあるが？」

「そのとおりです！」

とトキは言ってから口を押さえて恐縮した。

「出鱈目だ。戸田、おぬしは、老中の儂よりも、そのような得体の知れぬ女将のことなどを信じるのか？」

「得体の知れぬ？」

「ああ。息子は渡世人で、喧嘩をして死んでいる。所詮は、そんな手合いの女だ」

と松平が言うと、片山も続けた。

「さよう。その女の言うことなど、取るに足りませぬ」

「ほんに、おかしな吟味でございます。大体がお奉行様、付け火の下手人ならば、片山様がとっ捕まえたはずではありませんか。ねえ、片山様……確か、船手の……」

「それは、佐渡吉が盗んだ財布で、罠にはまったと聞いておる」

と戸田はかわしたが、佐渡吉はすっとぼけて、

「あっしが？　知りませんねえ」

「それに、薙左とやらは、その女将の雇われ人だ……何をしでかすか、分かったもんじゃありませぬな。しかも、戸田様、船手番与力の加治様が船頭の世之助を自身番から連れ出したりと、もうめちゃくちゃではないですか」

と片山が続けると、松平も目をギラリと光らせて、

「なんだと？　なるほどな、戸田……おまえは、身内を庇うがために、かような出鱈目なお白洲を仕組んだか。しかも、花火見物にかこつけて、評定所のお歴々まで集めて」

トキは思わず身を乗り出して、

「出鱈目なんかじゃありまへんッ。お奉行様。では、新兵衛、いえ、薙左さんを呼んで下さい。庖丁の腕もまっすぐなら、性根もまっすぐな男。へえ、長年、苦労して、色々な人間を見てきたから分かるのどす。少なくとも……」

片山たちを指して、

「こいつらみたいに、平気で嘘をつく奴と違います！」

「ふん。血迷いやがって。どうせ、おまえも加治とやらと一緒になって、大河内様と花岡という浪人者を殺したのではないか？　おまえの所に来ていたのだからな」

松平も頷いて、評定所の面々を見やって、

「まさしく。こんなお白洲よりも、その男を捕まえるのが先のようだな、戸田」

「そうだ、そうだ。こんな茶番劇はやめて、とっとと花火見物と行きましょうや」

と佐渡吉が小馬鹿にしたように叫んだとき、ドスンと船が何かに当たる音がした。当たったのではない。いつの間にか、弁才船の周りには、沢山の艀《はしけ》が集まっていた。

「やかましいなあ！　ああだこうだと！」

一瞬、水を打ったように静かになる一同に、戸田は少し、伝法な口調になって、

「証拠なら、たんまりあるんだよ」

と立ち上がった。

「見ろい！」

船縁に立たせて、相模屋や佐渡吉が眺めると、ずらりと艀が埋め尽くすようにあった。これは打ち上げ花火用の船だが、それに混じって、荷船があった。

「てめえら……よく考えたものだなあ……江戸湾にバラバラに点在させていた艀……そこに抜け荷を隠していたとは思わなかったぜ」

「！…………」

驚いたのは相模屋だった。

「びっくりすることはねえよ」

と、大河内が残した碁の本を出して、

「手筋はすべて、江戸湾に見たてていたのだ。この縦と横の線を、江戸湾の地図に重ねる。そしたら、この黒石の置かれている点がすべて、抜け荷隠しの艀だった」

「…………」

「面倒だから、ここに集めてもらった。この艀はすべて、相模屋、おまえのものだ。これでもう、言い訳はきくまい」

「おまえたちの悪事は、逃げ水みたいなものでな……どこまで行っても、追いつくことのできない、幻だったんだよ」

「そんな……」

「で、松平様。あんたの書き付けも沢山、艀に残っていますよ。いくら御一門でも、これだけのことをしちゃあ、まずいんじゃありませんかねえ、水野様」

ヌッと立ち上がる戸田は、片山、相模屋、佐渡吉たちを睨みつけて、

「松平様……親玉のあんたにも、この場にいる評定所の重職に沙汰を述べて貰いましょうか

ねえ。どうです？」

松平は歯噛みしていたが、水野、遠山、鳥居らがいる前では、もはや言い逃れはできまいと、裃を取っ払って切腹しようとしたが、戸田がそれを止めた。

「おいおい。神聖な船を汚《けが》されちゃ困る。あんたに相応しい立派な所で、改めてやって貰いましょう」

脇差をグイッと奪うと、その場に水主たちが押さえつけた。

途端――。

ドドドン！　ドドドドドン！

と花火が鮮やかに開いて、何度も何度も華麗な花で空を埋め尽くした。宵闇が降りて来るにしたがって、尚一層、煌《きら》びやかになった。

善悪、何もかもすべてを覆い尽くすような、夜の花が、江戸湾を大きく包んでいた。

この作品は書き下ろしです。原稿枚数372枚（400字詰め）。

幻冬舎文庫

船手《ふなて》奉行《ぶぎょう》うたかた日記《にっき》

咲残《さきのこ》る

井川香四郎《いかわこうしろう》

平成20年6月10日　初版発行

発行者――見城徹
発行所――株式会社幻冬舎
〒151-0051東京都渋谷区千駄ヶ谷4-9-7
電話　03(5411)6222(営業)
　　　03(5411)6211(編集)
振替00120-8-767643

印刷・製本―中央精版印刷株式会社
装丁者――高橋雅之

万一、落丁乱丁のある場合は送料小社負担でお取替致します。小社宛にお送り下さい。
定価はカバーに表示してあります。

幻冬舎文庫

ISBN978-4-344-41133-3　C0193　い-25-4